像你一样勇敢
遇见冼夫人

苏铁苏铁 著

SPM
南方出版传媒
花城出版社
中国·广州

图书在版编目（CIP）数据

像你一样勇敢：遇见冼夫人 / 苏铁苏铁著. -- 广州：花城出版社，2021.11
ISBN 978-7-5360-9017-0

Ⅰ. ①像… Ⅱ. ①苏… Ⅲ. ①中篇小说－中国－当代 Ⅳ. ①I247.5

中国版本图书馆CIP数据核字(2021)第006752号

出 版 人：肖延兵
责任编辑：蔡　宇
技术编辑：凌春梅
装帧设计：秦心琪
插　　画：鱼清清 hyQ

书　　名	像你一样勇敢：遇见冼夫人 XIANG NI YI YANG YONG GAN：YU JIAN XIAN FU REN
出版发行	花城出版社 （广州市环市东路水荫路11号）
经　　销	全国新华书店
印　　刷	广东鹏腾宇文化创新有限公司 （广东省珠海市高新区唐家湾镇科技九路88号10栋）
开　　本	880毫米×1230毫米　32开
印　　张	3.375　8插页
字　　数	50,000字
版　　次	2021年11月第1版　2021年11月第1次印刷
定　　价	29.80元

如发现印装质量问题，请直接与印刷厂联系调换。
购书热线：020-37604658　37602954
花城出版社网站：http://www.fcph.com.cn

目录

序言		1
引子		1
第一章	少女冼英	10
第二章	智擒李迁仕	27
第三章	击败欧阳纥	47
第四章	巩固海南疆土	65
第五章	勇歼王仲宣	86
尾声		100

序言

姚国军

冼夫人，被周恩来总理称为"中国巾帼英雄第一人"，是岭南人民崇拜的前辈先贤。关于冼夫人的文学艺术作品有几部，例如崔伟栋先生创作的长篇小说《冼夫人》（三部曲）、宋其蕤女士创作的长篇小说《岭南圣母冼夫人》，但以儿童文学形式创作的小说却难得一见。苏铁苏铁创作的《像你一样勇敢——遇见冼夫人》填补了"冼夫人系列"儿童小说的空白，别开生面，形式活泼，既有历史认识价值，又有文学艺术欣赏价值。

一、全面表现冼夫人一生的历史功绩

最早记载冼夫人历史功绩的文献见于唐代魏征的《隋书》。魏征的记载简明扼要，其价值在于为冼夫人留下了一段信史；同时，也留下了很多谜团。既然是冼夫人题材，就应该尊重历史，不能与历史相背离。本书展现了冼夫人的重大历史功绩。《智擒李迁仕》《击败欧阳纥》《巩固海南疆土》《勇歼王仲宣》几章与历史相符，冼夫人忠贞为国、仁善为民的英雄形象跃然笔端。至于冼夫人如何"行军用师"，因为历史没有详尽记载，就给小说家留下了想象的空间。小说以合情合理的细节塑造了这位奇女子的戎马一生。

二、以时空旅行的手法与现实奇妙融合

唐代诗人陈子昂在《登幽州台歌》中写道："前不见古人，后不见来者。念天地之悠悠，独怆然而涕下。"在本书中，作家回应了陈子昂的千古叹息，"前可见古人，后可见来者"。估计陈子昂看了会破涕为笑。小说以两个孩子亲自介入、亲身体验的方式，追溯冼夫人的历史功绩。冼贝贝是生长在国外的冼氏后人，回国探亲，与表弟冯小博一起回到冼夫人所在的时代。开启时空旅行的方式妙趣横生，两个孩子唱着木偶戏中与冼夫人有关的曲词，自然回到"激情燃烧的岁月"。他们近距离观察冼夫人，看到少年冼英射杀封豕长蛇，见证中年冼夫人含泪训诫孙子冯暄。旁观者清，当局者勇。两个孩子不仅不作壁上观，还参与了冼夫人的军事行动。无论是误入李迁仕的府邸，还是潜入欧阳纥的牢

房,他们冒着危险协助冼夫人平叛。两个孩子相当于小说中的"叙事导游",入乎历史中,出乎历史外,带领读者观察、体验冼夫人的光辉历程。在体验和介入中,两个孩子与英雄共成长。读者也可以把时空旅行看成一个梦。弗洛伊德认为创作就是作家的"白日梦"。梦是过去与现在的奇妙联结,小说是历史与现实的奇妙融合。

三、融入丰富多彩的茂名地方文化元素

茂名依山傍海,人杰地灵,物产丰富,文化多元。小说融入很多地方文化元素,例如表现冼夫人的木偶戏、纪念冼夫人的年例,以及海南的军坡节,都是冼夫人文化的多样形式。小说中描写了茂名"顶天立地"的英雄花,既是岭南风物,又有美的境界,还有象征色彩,与冼夫人文化精神相得益彰。茂名城市文化定位为好心文化,其源头就是冼夫人的"唯用一好心"。丰富多彩的地方文化吸引了国外"游女"冼贝贝,冼夫人文化精神感染了冼贝贝。冼贝贝最终决定留在国内,就是受到冼夫人文化的感召,也预示了冼夫人文化后继有人。"少年兴则国兴,少年强则国强。"民族的未来在

于少年,国家的希望在于少年,文化的传承在于少年。文化不会断流,国脉终将承续。

综上所述,本书是一部充满家国情怀的儿童小说。作品为少年儿童讲述岭南先辈的"成长史"和"创业史"。冼夫人是岭南的开创者和护卫者,苏轼赞叹:"三世更险易,一心无磷缁。"冼夫人用赤胆忠心演绎出一曲千年浩歌。"古今多少事,都在好心中。"小说用时空旅行的方式,是为了手法出新,引起少年儿童的阅读兴趣;重述历史,是为了鉴往知来,引发少年儿童的爱国思考,培养少年儿童的爱国情怀。

回望历史,追溯来路。创造历史,精神引路。是为序。

作者简介: 姚国军,教授,广东石油化工学院文法学院副院长,广东省冼夫人文化研究基地、广东省非物质文化遗产研究基地负责人,广东冼夫人与非遗文化社科普及基地(省级)负责人,中国小说学会会员,广东省作家协会会员,广东省文艺评论家协会会员,广东省本科高校文化素质教育指导委员会委员,广东省本科高校中国语言文学类教学指导委员会委员。

引子

这天是正月十五,是高州市长坡旧城的年例,所以,整座城经过精心装扮后,变成了一位将要出嫁的姑娘:浓妆淡抹,喜气洋洋。

天刚蒙蒙亮,旧城的冯家村就已经热闹得不得了:烟花爆竹声、敲锣打鼓声、叫喊声、说笑声,汇成了一支欢乐的交响乐,连掠过的风都是轻快的,流淌的空气更是多彩而甜蜜的。

相比之下,冯家村的冯家祠却安静得有点儿"过分"了。梁爷爷从远处走来,啪嗒啪嗒的脚步声显得格外清晰。他抬起头,看了眼祠堂门口那对仍然亮着的大红灯笼,摇摇头,喃喃自语:"怪浪费的。"

走进敞开的大门,梁爷爷扯开喉咙就喊:"小博,小博,日头都到正午了,词儿背熟了吗?得抓紧时间练练咯。"

"梁老弟,不用找他了,他去茂名火车站接表姑和小表姐了。"冯爷爷掀开窗帘,从里屋踱了出来,"一大早出发的,现在也该回来了。"

"哦,她们要回来了,她要回来了……"梁爷爷抬起头,朝冯家祠门口的方向张望。冯家祠隔壁就是冼太庙。他当然看不见隔壁冼太庙里的情况。不过,根本不用看,庙里的一切早被他的脑子刻录下来了。

时间过得真快啊,一转眼间就转走了一个甲子,她终于要回来了!梁爷爷看着从冼太庙里飘过来的青烟,那如烟的岁月也在他面前袅袅升起……

六十年前,同样是正月十五,在旧城娘娘庙的庭院里,一排隋代的香炉插满了香烛,院子里烟雾缭绕。一张张方桌子拼在了一起,盖着红绸布,桌上摆满了三牲贡品。

冯家村的村民和从外地赶来的客人,对着庄严望向远方的冼夫人雕像,鞠躬,细细禀告,深情倾诉……

年例大餐过后,各家各户的大红灯笼依次亮起时,木偶戏开演了。

引子

他们藏在天蓝色的舞台围布下。他和她对望一眼,两人抿嘴一笑,咿呀对唱起来:

(女)冼夫人名叫冼英,自幼贤明武艺高。
(男)暗计智挫李迁仕,明眸助陈灭侯景。

他一手捧着木偶,一手娴熟地拉扯着木偶后背的线条,男木偶一个转身,一手叉腰,一手高举长剑,一个金鸡独立,侧身站立!见此,她也连忙转动手中的女木偶,女木偶腰杆一挺,凤眉一挑,手中长弓被拉成了半月形!

观众越来越多,将对着庙门口的小戏台围得严实。人们眼睛紧紧盯着木偶人,脸上挂着会心的微笑,嘴里欢呼着。

庙门口的那对石狮子静静蹲坐着,眼皮仿佛都被震得一跳一跳的……

"我们回来了!"一个充满朝气的声音打断了梁爷爷的回忆。

冯小博一头闯进来,吃力地将行李箱放在地上,扭过头,热情地招呼道:"冼奶奶,冼贝贝,进来哟。"

冼奶奶踏进门来,左手搭在右手上。她环视着冯家祠,眼睛渐渐模糊了。

"你终于回来了!"冯爷爷和梁爷爷走到她的面前,三位老人家六只饱经风霜的大手,紧紧地握在了一起。

面对六十年未见的亲人好友,冼奶奶热泪盈眶,哽咽得说不出话来。等她回过神来,便转头大喊:"贝贝!贝贝!快过来!见过梁爷爷和表叔公。"

贝贝蹦进院子里来了。这个大约十二岁的小姑娘,身穿漂亮的衣裙,背着背囊,戴着耳机,手里晃着一台摄像机。

"梁爷爷好,表叔公好。"她嘴里问着好,眼睛却四处瞅,一副心不在焉的样子。"竟然还有这么古老的地方,这会儿不是进了博物馆吧?"她小声嘀咕着。

"唉,你这孩子……"冼奶奶无可奈何地摇摇头,"贝贝,你都把路上的见闻录下来了吧?家乡的变化可真大啊。"

"全都录下来了,给您。"贝贝将手里的摄像机塞

引子

到冼奶奶手里,走到一边去。

三个白发老人挤在一起,按动播放键,津津有味地观看着,低声交谈着。

"荔枝、龙眼、高铁、希望之泉、小东江、好心湖……"

那些都是什么?贝贝的耳朵里虽然塞着耳机,可她依然能听见从老人家嘴里吐出的那些词语,可真够新鲜的。贝贝回过头,看向他们:三位老人家的眼睛红红的,眼角湿润着。

"他们都怎么啦?"贝贝心里有点纳闷。可她从来没有主动去追寻大人为什么会那样子的习惯,所以,当她习惯性地将头一甩,那些不想去想的问题也就习惯性地被忽略掉了。

"一点儿都不好玩!"她索性跟着耳机里的音乐的节拍扭起了腰肢,甩起了手。

过了一会儿,她又扯下耳机,一小步一小步向院子中央挪去。

院子中央,三位老人家围着冯小博。比贝贝小一岁的小博挺胸抬头,双脚并立成一个"丁"字,边说边唱。

他的眼睛炯炯有神，声音抑扬顿挫，右手随着唱词而摆动，有时用力上扬，有时使劲下挥。突然，他停了下来，跺着脚，脸涨得通红："冼夫人名叫冼英，自幼贤明武艺高。暗计……暗计……啥来着？"

"忘词了？"贝贝捂住嘴偷笑。

"暗计智挫李迁仕，明眸助陈灭侯景。"冼奶奶接着唱了起来。

小博惊讶地望向冼奶奶："奶奶，原来您会唱戏，还唱得那么好！"

贝贝也大吃一惊——和姑奶奶生活了那么长时间，她可是现在才知道姑奶奶会唱戏！

"都是些陈年往事了。"冼奶奶笑着说。

"唉，现在的孩子！"梁爷爷望向冯小博，眼里有些失望，"孩子，'拳不离手，曲不离口'，古训总有它的道理。我们不经常练习，手艺就会生疏，更重要的是，我们如果都不重视木偶戏，这门传统艺术就会消失了。"

冼奶奶连忙说："小博已经很棒了。这个时代，孩子还能安下心来学我们那会儿的木偶戏,真不简单啊。"

小博的脸更红了,手伸进头发里,不停地挠呀挠。

贝贝走过来,使劲拍打着小博的肩膀,大声地说:"不就背歌词吗?闭上眼睛,多哼唱几句,不就记住了?"

"可……可是,这是木偶戏啊。"小博更加不好意思了。

"木偶戏不也是唱出来的吗?"贝贝不屑地说。

"贝贝,你又胡闹了。木偶戏不光是唱那么简单,是集唱、念、做、打和奏乐于一身,是一门融会了雕刻、服装、表演、剧本、音乐诸元素的艺术。"冼奶奶嗔怪贝贝,望了她一眼,"这是一门高深得很的学问呢。你呀,平时也不肯多学习,迟早会闹出笑话来。"

贝贝噘着嘴,一时找不到词语来回答。

这时候,转身进里屋的冯爷爷出来了,手上拿着一对精致的木偶,对小博说:"来,小博,拿着木偶,你会很容易进入角色的,也就不怕忘词了。"冯爷爷将木偶递给小博,一脸疼爱的表情。

像你一样勇敢——遇见冼夫人

"这是木偶?确定不是中国版芭比娃娃?"贝贝快步上前,一把拿过其中一个木偶,仔细看起来。

"你手里的那个,可是我们敬爱的老祖宗——冼夫人啊。"小博连忙向她解释,"我手里拿的就是冯宝了。"

这就是姑奶奶嘴里念念叨叨的冼夫人?贝贝认真端详起手中的木偶。木偶雕刻得真精细:椭圆的脸蛋粉白粉白的,眉毛又细又长,眼睛又大又黑。木偶身穿衫裙,背后插着旗帜,显得英姿飒爽,让人心生敬畏。

"表哥,你竟然还将我们的木偶保留着。"冼奶奶紧盯着贝贝手里的木偶,声音都颤抖了。她将眼镜拿下来,擦起了眼泪。

"你出国后,我就开始单人木偶戏表演,不再用双人木偶了。冯老大说太可惜了,向我要走了这对我们曾经舞过无数次的木偶。没想到啊,真没想到,冯老大你竟然将我们的木偶保存得那么好。"梁爷爷摸着小博手上的木偶,又摸摸贝贝手上的木偶,手指头微微抖动着。

"那时候,你们捧着这对木偶,演得真好啊。那可

引子

是一个时代美好的记忆啊,也是我们家族里的大事情啊,所以,我就将这对木偶用黄绸布包好,放进神龛,供奉起来了。"冯爷爷动情地说。

这时,手捧冯宝木偶像的冯小博开始唱了起来:"冼夫人名叫冼英……"

冼奶奶眉毛一挑,兰花指一扬,与小博对唱起来:"自幼贤明武艺高。"

这有点儿好玩。贝贝手捧冼夫人木偶像,右手托举着木偶的脚,左手拉扯着木偶背后的线,学着姑奶奶的样子,跟着高声唱道:"自幼贤明武艺高。"

小博手捧冯宝木偶像,转身。

贝贝跟着慌里慌张地转身,却怎么也没料到,这一转身,竟然将自己与小博转到了一个不认识的世界!

小博呢?

贝贝呢?

三个白发老人眼睁睁地看着两个少年在自己面前消失,你看看我,我看看你,舌头当场打结,惊愕得说不出话来!

第一章　少女冼英

时间：公元530年。

背景：冼夫人原名冼英，南北朝时期高凉郡人。她的父亲冼辉耀，是高凉地方的酋长；她的哥哥冼挺，被朝廷册封为南梁州刺史。冼英自幼读书练武，聪明伶俐，鬼点子特别多，不但能够拉弓执刀与敌人拼斗，而且还通晓行军布阵之法，人又特别善良，经常劝身边的人与人为善，因此，深得同族的器重和信赖。十八岁那年，冼英成为南粤少数民族的首领。

贝贝抓住冯小博的胳膊，终于站稳了身子。眼前是一片幽深幽深的绿，钻进鼻孔的是浓浓的草木泥土气息，贝贝感觉头有点晕。

"我们在哪儿？"贝贝问。

"森林。"小博扭头看了看四周，肯定地回答。

第一章　少女冼英

"怪不得氧气那么充足，害得我醉氧了。"贝贝拍拍额头。

"醉氧？氧气多会导致头晕？我可是第一次听说。不过，接下来，你可能会更晕哟。"小博没好气地补充一句，"我们现在可能身处原始森林里。"

"原始森林？是不是意味着探险？嘻嘻，我喜欢。"贝贝兴奋得差点儿跳起来。刚刚说的头晕都跑哪儿去了啊？

"探险？'探'的可是危'险'啊！"小博怎么也高兴不起来。

"走，我们到前面瞧瞧去！"贝贝一手握紧冼夫人木偶像，一手扯着小博的袖子，拔腿就往前走。

"慢着，你听，有声音！"小博一把扯住贝贝。

"呼哧——呼哧——"一种奇怪的声音从前面传来。紧接着，灌木丛动了起来，一个黑乎乎的长嘴巴露了出来，然后，一个毛刺耸立的庞然大物跑了出来！

"野猪！"小博拉上贝贝，急忙后退。

"野猪会吃人吗？"贝贝问。

"野猪什么都吃！"小博没好气地回答。

像你一样勇敢——遇见冼夫人

"哎哟,妈呀,快跑啊!"贝贝终于怕了,跑得比小博还快。

那头来势汹汹的野猪紧盯着他们,追了上来!

贝贝一不小心踢到脚下一块石头。"哎呀!啊——"她被重重绊倒在地上。

后面的小博收不住脚,被突然摔倒的贝贝绊倒,压在了贝贝的身上。

那头野猪嗒嗒嗒地快速冲了过来!

两个站不起身来的少年吓得脸都白了,腿脚更软了,连爬都爬不动了!

就在这时,不远处传来一阵急促的马蹄声,一匹高头大马向他们飞奔过来!

白马由远而近,跨过一片灌木丛,啪嗒一声,不早不晚,不偏不倚,刚好就落在了两个少年和野猪之间,挡住了野猪的去路!

躺在地上的两个少年慌张抬起头,看见马匹上坐着一名身穿彩色裯子的少女。她背着弓,双手紧握缰绳,头上还插着三根羽毛,像一片彩云一样端坐在白马上。

只见那少女一拉缰绳,双脚夹紧马肚子,白马便硬

第一章 少女冼英

生生站稳了身子。这时那少女从背后抽出一支箭,熟练地拉弓搭箭,那支箭"嗖"的一声强势飞出,射断了野猪头顶的一根大树枝!噼啪一声,大树枝掉下来,刚好就砸到了野猪的头上!

野猪嗷嗷惨叫,转身就往森林深处逃跑。

"野猪,别想跑!"少女策马追去,一边弯腰、低头避开几棵矮树伸出来的树枝,一边机警地观察前方的情况。当她看见树上有些藤条时,好像突然想到了什么似的,又勒住白马,然后拉弓搭箭,瞄准野猪前方的几根藤条。箭火速飞出,藤条立刻被射断,从树上掉了下来,恰恰就落到了野猪身上。

慌乱奔跑的野猪急忙抬起前腿踢打,可越踢打,它身上的树藤将它缠得越紧。

野猪蹦跳起来,一下子被树藤捆住,像个结实的粽子,沿着西面山坡滚了下去。

冯小博已经扶着冼贝贝站了起来。他们仰望着白马上的少女,满眼的敬慕。两人拉着手,向少女奔去。

"别动!"少女大喝一声。

小博和贝贝硬生生收住了迈出的腿脚。

那少女已经将箭头对准了他们!

小博和贝贝惊恐得甚至来不及呼喊,面前银光一闪,箭已经射了过来!

离弦之箭却在他们面前三米处往下拐了个弯,射向了地面!

在他们面前,一条刚刚立起来的蛇啪嗒一声倒地!

小博和贝贝的脸色比白纸还要苍白。等他们缓过气来,那白马少女已经转过身,策马跑向了山坡。

"走,跟上去!人家救了我们两次,我们总得向她道个谢吧。"小博一手抱着木偶,一手拉起贝贝,紧跟着冲向山坡。

山坡下,少女下了马,慢慢行走着。

小博和贝贝高兴地走过去。

就在这时,从树丛后走出两个少年,他们冲着少女大喊:

"首领,你真厉害。"

"冼英,你跑得真快!"

少女回头,对跑出来的两人笑笑:"小盘石,冼挺,你们太慢了。"她边说边往前走,没有停下来的意

第一章 少女冼英

思。

小博和贝贝一愣,停下了脚步。冼英?冼挺?两人面面相觑。

"贝贝,你知道冼英吧?"小博问。

"当然,话说我也姓冼好不好?"贝贝白了一眼小博,再补充一句,"就算我记得不是很清晰,可姑奶奶整天在我耳边碎碎念,我多少都知道些吧。"

小博不好意思地挠挠头:"我以为你只知道B国。"

"事实就是事实,与B国比起来,我们落后了一些。"贝贝毫不留情地说。

小博环顾四周,叹口气:"现在,我们恐怕回到了古时候。"

"冼英首领,冼挺……也就是说,我们来到了冼夫人所在的时代?"贝贝有点儿不相信。

小博点点头,眼珠子轮流盯着贝贝手上和他自己手上的木偶。他看啊看,想啊想,脸上的表情阴晴不定,神色恍惚。

"这下可厉害了!走,快点跟上他们!"贝贝兴致

像你一样勇敢——遇见冼夫人

又来了。

"贝贝,我们来到这里可能与这两个木偶有关,我们要保护好我们的木偶。"小博说着,将手上的木偶紧紧抱在胸前。

"那么,将木偶藏进我的背囊吧!"贝贝说。

小博将两只木偶小心翼翼地放进贝贝的背囊,拉上链子,系好纽扣。然后,他俩看着冼英一行人的背影追了上去。

冼英领着冼挺和小盘石向山坡下的田野走去。

"首领,你去哪儿啊?"

"冼英,那边没什么好看的!"冼挺回过头来,对小盘石说,"走,我们抓那头野猪去!"

冼挺和小盘石兴冲冲地往野猪滚下的西面山坡走去,冼英自个儿往东面山坡走去。

贝贝朝小博使个眼色,保持一定距离地跟着冼英,往右山坡走。

山坡下是一片长势茂盛的水稻田。一排排整齐的水稻排列在水中,正午的阳光照得稻叶金光闪耀,稻田间隙的水里映出了蓝的天、白的云,水田的尽头,一个木制水车缓缓转动……这一切,构成了一幅宁静悠远的田园风景画。

贝贝不看风景画,只看水车。她凝视着水车,沉默了好一会儿,幽幽叹了一口气:"唉,家乡的摩天轮就是小家子气,在B国,摩天轮都顶到了天上。"

小博退后一步,像看外星人一样看着贝贝:"你知道摩天轮,却不知道有种农具叫水车吗?"

"水车?"

"是啊,水车的轮子只要一转动,就可以将水从渠道里抽出来,直接灌溉到田里。这个可是我们古老的伟大发明之一,体现了中华民族的创造力,为古代农业的发展做出了巨大贡献。一千七百多年前的B国可能还处在茹毛饮血的时代呢。"小博不说则已,话匣子一旦打开,他自己也收不回来了,"其实,我们茂名也有顶到天上的摩天轮呢,今早你不是录下来了吗?不过,你看到的还不是我们幸福摩天轮的全貌,要是到了晚上,一百多种灯光变幻闪烁,和小东江上的音乐喷泉、江心花船花灯交相辉映,那景象,简直……简直就是流光溢彩、美轮美奂、如梦如幻。"他快速地搜索枯肠,把能想到的词儿全都倒了出来,感觉还是词不达意。

贝贝眨巴着大眼睛,开始感觉有点儿不好意思了,连忙吐了吐舌头。不一会儿,她指着山坡,大声喊了起来:"他们打起来了!"

小博往山坡看了看,说道:"我们快下去!"

原来,正当冼英盯着水车的一个木轮子仔细研究的时候,有个年轻人从水车的另一侧走了出来。他穿了件青布长衫,外束着一件橙黄宽袍,显得儒雅飘逸,器宇不凡。

他在背后静静地研究着神情认真的冼英。

第六感告诉冼英,后面有人!于是,她快速转身,右手抓住年轻人,左手毫不犹豫地朝年轻人的脸上挥拳。

年轻人本能地伸出左手,接住冼英的拳头。

冼英大声质问:"你是谁?为什么要偷袭我?"

年轻人却笑了:"姑娘,你误会了……"

"他好像并没有偷袭你哟。"贝贝冲上前,替年轻人打抱不平。

"冼英,谢谢您刚才救了我们。"小博走上来大声

第一章 少女冼英

说。

冼英看看年轻人,又看看贝贝和小博,还来不及开口,这时,一队士兵模样的人冲了上来,将他们团团围住。有人大声呵斥:"大胆!快放开我家公子!"有人抽出了腰间的长剑,有人拉开了弓箭。

贝贝和小博吓得连忙举起双手。

冼英和年轻人终于反应过来,马上松开了对方的手。

只见年轻人大声呵斥:"都给我住手!"

士兵们像被点了穴,马上定住身体,不再动弹。

贝贝和小博长舒口气,将手放了下来。

"你们是什么人?"年轻人和冼英不约而同地转向贝贝和小博,齐声问道。

"我叫贝贝。"

"我叫小博。"

接着,贝贝瞪着年轻人问:"你又是什么人?"

那年轻人双手作揖,微笑着说:"在下冯宝。"

冯宝?小博盯着冯宝,眼珠子几乎要掉落下来了,而嘴巴大张着,说不出一个字来。

像你一样勇敢——遇见冼夫人

"你们是谁?"

"你们是谁?"

冼英和冯宝看着贝贝和小博,又异口同声地说道。话一出口,两人又看了对方一眼,都不好意思地笑了。

贝贝看了看他们,笑嘻嘻地答道:"是的,我们只是附近的人,出来溜达溜达。"

冼英和冯宝嘴巴动了动,正想说什么,就在这时,小盘石带着另外一个随从跑了过来。

小盘石一边喘着粗气一边大声喊道:"报、报、报告,报告首领,有紧急情报!"

"小盘石,什么事情?慢慢说。"冼英温和地说。

小盘石用手肘碰碰随从:"你说。"

那随从不得不硬着头皮说:"陆寨主和赵寨主又打了起来。陆寨主还说,还说……"

"直说无妨。"冼英说。

"陆寨主还说,今天无论如何也要截断鉴江水,将水引到山坡的荔枝林去。他还说……还说……挡我者死,顺我者生,就算是首领的祖坟,挡了去路,也要砸!"随从一口气急匆匆地说完。

第一章　少女冼英

"嗯,这问题是到了必须解决的时候了。"冼英转向小盘石,"给我备马。"

"是。"小盘石转身,又回过头,"冼挺已经冲过去了。他说,不给他们颜色看,他们是不会罢休的!"

"唉,大哥脾气暴,性子急,只会坏了事情!我们快走!"

冼英帅气地翻身上马,转身往森林方向走去,留下一串嗒嗒的马蹄声。

"走,我们看看去。"贝贝大声说。

冯宝和小博点点头,一起沿着零碎的马蹄印追了过去。

在一座小山丘前,冼挺嘴里嘟嘟囔囔,手握大刀,不断左右挥斩。围在他周围的大汉少说也有三十人,他们袒露着臂膀,有的拿着锄头,有的拿着镰刀,有的拿着铁锹,边抵抗边躲闪,情绪非常激动。

冼英骑着白马冲进人群。她将手中的长刀一举,架住冼挺的大刀,大声喝道:"冼挺,别乱来!"

"不是我乱来,是他们乱来!他们……他们想……"冼挺看着陆寨主,生气地骂道,"想砸我家祖坟！看我不先收拾你！"

陆寨主——那个满脸络腮胡子、袒胸露臂的男子大声说道："都足足两个月没下雨了！我们种在山坡上的荔枝树已经渴不起了！赵寨主不让我截流，你们家的祖坟偏偏又挡在我们林子的面前，我不砸坟挖渠，我们吃什么啊？"

"大家都请冷静。如果逞一时口舌之快能将问题解决，那我们就继续争论吧；如果认为打能出效果，那我们现在就开打吧。不过，我们都是兄弟姐妹，无论哪一方输哪一方赢，伤的都是自家人！"冼英的一番话，果真让大家冷静了下来。

冼英将冼挺的大刀撂倒到一旁，继续说道："陆寨主，你们整天挑水上山灌溉也挺辛苦的，而将已经成林的果木移植到山坡下也很艰难，怎么办呢？如果砸了我家祖坟能快速、有效地解决你的困难，我现在就带大家一起砸了，将鉴江水引到坡上，灌溉你家的果木！"

"这……这个……我……我气糊涂了，首领别较真。"陆寨主绛紫色的脸竟然变成了大红花脸，他期期

第一章 少女冼英

艾艾地说,"水往低处流,将鉴江水引上山坡,那是无稽之谈。我……我……我只是一时的气话。"他扇了自己两巴掌。

"不,将鉴江水引到山坡上,是可以实现的,我们制造的水车就可以解决这个难题。"冼英大声说。

"水车?"大家望向冼英。

赶上来的冯宝及时接上了话:"冼英首领说得不错,水车可以低水高送,也可以在干旱时汲水,还可以帮涝灾低洼积水地排水。我们可以帮大家建造水车!"他环顾着安静倾听他说话的村民,声音更大了:"鉴江流域土壤肥沃,最适合种植水稻,如果有了水车,丘陵地带除了种植荔枝、龙眼、香蕉等果树,也可以扩展种植水稻,就再也不怕饥荒年没东西吃了。"

"好!好!"大家举起手中的工具高声呼喊起来。

"现在,我们去勘测水车安装的位置吧。"冼英手一挥,骑上马,大家赶紧簇拥上去,跟着她沿山坡走去。

小山丘上只剩下冯宝、小博和贝贝,瞬间安静下来。

泥土地上,一根彩色大羽毛分外抢眼。贝贝走过去，将羽毛捡了起来。

小博一脸疑惑，问道："这是……"

"这应该是冼英的头饰，早上我看到她头顶上别了三根羽毛，真好看。怎么会掉了呢？看来不光我是马大哈啊。"贝贝晃着手中的羽毛，向冯宝扮了个鬼脸，"冯宝，还不拿去还给人家？"

冯宝快速接过羽毛，然后，对着那根羽毛发起了呆。

"快追啊。"贝贝推了他一把。

冯宝抬头看着冼英远去的身影，脸上的笑容温柔起来："那……我走了，后会有期。"他向小博和贝贝拱手告辞。

"后会有期。"小博也学着冯宝的模样，拱手回答。

"现在，我们去哪儿呢？"小博转过身，问仍然捂着嘴巴偷笑的贝贝。

"哪儿好玩就到哪儿去呗。"

两人沿着乡间小路漫无目的地走着。

荒野苍苍，人迹稀少。

第一章　少女冼英

贝贝四处张望，兴味索然。她一路上踢着石头，嘴里不断嚷嚷："累死了，一点儿都不好玩。"

"前面有座古庙，我们进去歇歇吧。"小博说。

这座庙很简陋，只供奉着一尊泥做的观音菩萨，泥像前的香案蒙着厚灰尘。两人走进去，在一个角落里坐了下来。

贝贝解下背囊，靠着墙壁，没精打采："如果木偶能带领我们到吃大餐的现场，那该多好啊。"贝贝瞪着香案上的香炉，做着白日梦。她的面前，仿佛有一只只香喷喷的烤鸡腿跳着舞，一杯杯可口的饮品相互点着头……

小博小心翼翼地拿出两个木偶，举过头顶，摆弄着。他对贝贝说："当时我们就是一边舞动木偶，一边唱，然后就到这儿了。贝贝，你现在跟着我唱：暗计智挫李迁仕……"

又累又渴的贝贝有点生气了，一把抢过他手里的木偶，大声嚷嚷："什么呀？暗自记错什么啦？"

"是'暗计智挫李迁仕，明眸助陈灭侯景'。"小博耐心地纠正。

像你一样勇敢——遇见冼夫人

"好了,好了,"贝贝挥动着冼夫人木偶像,不耐烦地跟着唱道,"明眸助陈灭侯景。"

奇迹出现了。

两个人瞬间到了另一个空间。

第二章　智擒李迁仕

时间：公元550年。

背景：公元548年，梁朝将领侯景叛乱，第二年攻陷都城建康（今江苏南京），把梁武帝围困在宫城内。高州刺史李迁仕认为，这正是割据称雄的好机会。于是，他假称有病，拖延发兵救援的时间。为了让自己的谋划能一举成功，他想到了冼夫人：冼夫人的威望那么高，如果拉拢了她，一定能成功把当地人煽动起来，参加叛乱。而要取得冼夫人的支持，就必须让冼夫人的丈夫冯宝也参加叛乱。经过三天的冥思苦想，李迁仕终于想到一个计策。

冼贝贝和冯小博出现在一间厨房里。

厨房里的锅碗瓢盆摆放得整齐有序，中央整洁的长桌上有个大炖盅，炖盅冒着热腾腾的白气，香味四溢。大炖盅旁边有个托盘，上面摆放着干净的碗、碟、筷子和勺子。

"哇,有吃的!"贝贝将木偶匆匆塞进背囊,扑向炖盅,用筷子夹出一只香喷喷的鸡腿。

"贝贝,这不是给你准备的。"小博说道。

"管他呢,反正都是给饥饿的人准备的,刚好我饿了,我就不客气啦。"说话的当儿,贝贝已经把鸡腿塞进了嘴里。

小博瞪着贝贝,舔着嘴唇。

贝贝瞟一眼他,夹了另一只鸡腿塞到他手上。

小博也大口吃了起来。土鸡炖得刚刚好,又嫩滑又香甜。

贝贝一边吃,一边用勺子捞着炖盅里的食材。"这些又是什么?"

"荔枝干、龙眼干、灵芝,好丰盛的营养晚餐啊。"

"真是太客气了,简单就好。"

"你不会以为是专门给你准备的吧?这应该是大户人家的厨子给主人准备的。"

"你这人也太实诚了,你就当他们是为我们准备的

第二章 智擒李迁仕

嘛!"贝贝又舀了一大勺汤,灌进嘴里。

"这也行?"

"怎么就不行了?"贝贝舔舔嘴唇,抹抹嘴,一副很有感触的样子,"哇,我还是头一回喝这么美味的汤呢,以前真是白吃喝了。"

"那当然!我们广东的老火靓汤可不是盖的!想我大中华,这样营养又好吃的美食可多了!"小博自豪地说。

看着面前杯盘狼藉,小博挠挠头,终于想起来:"我们是不是应该给这主人家留点什么啊?"

"放心吧,既然是大户人家,应该不会那么小家子气的。"

这时,门口传来细碎的脚步声和说话声。

"糟了,有人来了。"

"快走啊。"小博拉起贝贝就逃。

这弹丸之地,根本无处藏身,他们只能躲藏在大木门的后面。

有人踏进大门,对话也更清晰了。

"老爷不是对京城来的特使说他病了吗?病了还炖

这么补的汤给他喝?"

"说病了,你以为他就真病了?这酒这肉,哪顿少得了?我听我家老李说,那都是借口,老爷他呀,根本就不想出兵救援,你连这都看不懂啊,真是的……"

"为什么不出兵啊,皇帝不是被困了吗?老爷不是应该去救援的吗?我还真看不懂啊。"

"也难怪,我们老爷可不是一般人啊,一般人怎么能看得懂呢……咦?灵芝鸡呢?"

"啊?!"

躲在门后的贝贝和小博赶紧往外冲!

那两人回过神来,大喊起来:

"来人啊,有刺客!"

"来人啊,有贼人!"

厨房外几十个拿刀持棍的士兵冲过来,一下子就将贝贝和小博抓住了。贝贝身上的背囊被拿走,两人的手被绑到后背,被带到了一个大厅。

"两个小贼,还不跪下!"旁边的士兵按住小博和贝贝,大声喝道。

贝贝和小博对望一眼,并没有跪下去。

第二章　智擒李迁仕

"嗯，小娃子，你们从哪里来，为什么到了我府上？"坐在大厅正中央的男人威严地问道。

"我们从家乡来，到处逛逛，刚好饿了，就进来了呗。"贝贝说。

"放肆！我们刺史府岂是你等闲杂人随便进出的地方！"士兵在一旁生气地训斥。

"刺史府？难道您就是刺史大人李迁仕？"小博抬头问。

"哈哈，小娃子，你也认识我李某人？"端坐在大厅正中央的男人黑着的脸一下子温和了许多。

"李刺史大名鼎鼎，天下谁不认识啊。"小博嘴里一本正经地说着，心里偷着乐。

"李迁仕……暗计智挫……"贝贝正喃喃自语，被小博用肘子撞了一下，下半句话就咕噜一声吞进了肚子里。

"老爷，他们包裹里有两个木头人。"一个随从将两个木偶递上来。

李迁仕拿过木偶，认真端详起来，左看右看，前看后看，越看越觉得眼熟。

像你一样勇敢——遇见冼夫人

"大人,这木偶是不是很像冯宝和冼夫人?"随从在他耳边小声说道。

李迁仕不动声色地点点头,随即望向小博和贝贝,问道:"冯宝和冼夫人是你们的什么人?"

"我们的亲人咯。"贝贝说。

小博瞪一眼贝贝,眼里含着"不要乱来"的意思。贝贝嘟嘟嘴,一副"接着你来答"的样子。

"那么,你们是从冼挺那儿过来的?"李迁仕又问。

"是、是的。"小博连忙答道,"我们看不惯冼挺的骄横粗暴,所以逃了出来,想投奔冼夫人和冯宝太守。"

李迁仕的小眼睛滴溜溜转了转,捋着胡须,点起了头:"有志向!良禽择木而栖,贤臣择主而事,识时务者为俊杰。来人,给两位少年才俊松绑!"

李迁仕的这番话,贝贝只听懂"松绑"两个字。正一愣一愣的时候,一个随从已经走过来给她和小博松了绳索。

贝贝揉着被勒红的手臂,看了眼小博,眼里多了几

第二章 智擒李迁仕

分敬佩,再也不敢冒冒失失乱说话了。

"刺史大人,这对木头人,是我们准备送给冯宝和冼夫人的,想用它们来表达我们的敬意。请问,您看完了,是否可以把它们还给我们?"小博问李迁仕。

"可以,当然可以。"李迁仕嘴里说着可以,却并没有将那对木偶递给小博,而是将它们放在桌面,然后拿起毛笔,唰唰唰写了几行字,装进信封里。做完这些,他才抬起头,对小博和贝贝说:"你们其中一个人将这封信和木偶送到高凉太守府去,另外一个就留在这里辅助我,国家现在正是用人之时啊。"

这是哪儿跟哪儿啊,这是让我们两个人分开?贝贝一脸茫然地看向小博。

小博对贝贝点点头,然后对李迁仕说:"承蒙刺史大人的器重,我愿意留在您这里,请让我表姐贝贝带着木偶和书信前往高凉太守府吧。"

贝贝更加蒙了,噘着嘴嘀咕着:"为什么是我啊?"

小博将木偶和书信小心地放进背囊,低声对贝贝说:"李迁仕多疑狡诈,你对这段历史和这个人不熟

像你一样勇敢——遇见冼夫人

悉,留在这里不安全。你拿着书信去找冯宝和冼夫人,那边好玩多了。"

贝贝听到"好玩",就高兴了,但是想到小博会不安全,突然又生出一点担忧来。她眨巴着大眼睛问道:"你不会有事吧?"

"不会的。你快点去,我们很快就可以再见面了。"

贝贝骑上高头大马,跟随一名护送的士兵,往前走。第一次骑真的马,真好玩。她唱着一首很响亮的摇滚乐,配着嗒嗒的马蹄声,在第四首歌结束的时候,他们就来到了高凉太守府。

府衙内,冼夫人正站在冯宝旁边,看冯宝批改公文。一看到贝贝,冼夫人就认出她来,立刻笑了起来。她走过来拉起贝贝的手,说道:"贝贝姑娘,你来啦。你一点儿都没变呢。咦,你的表弟呢?"

看着冼夫人亲善的笑容,贝贝心里一暖,一种久违的亲切感如泉水般涌了上来。鼻子一酸,她的眼睛竟然湿润了。

"夫人,表弟被留在了李迁仕府,夫人和冯宝老爷

第二章 智擒李迁仕

要救他出来啊。"贝贝将今天发生的事情讲了一遍,又将李迁仕写的书信拿出来,递给冼夫人。

冼夫人认真地听完贝贝的讲述,又认真地看了书信,然后将书信递给冯宝,眉头越皱越紧。

"夫人,您怎么啦?书信里是什么内容啊?"贝贝问。

冼夫人还在沉思的时候,冯宝开口了:"李迁仕叫我去一趟高州刺史府,说有要事商量。我看也好,顺便将小博带回来。"

冼夫人立刻走到冯宝面前,伸手拦着他说:"千万不可。现在时局那么动荡,李迁仕找你去,其中必定有诈。"

冯宝按按冼夫人的肩膀,笑了:"有诈?会有什么诈呢?刺史是我的上司,他因公事召见我,不是理所当然的事情吗?我怎么能不去?"

"不对!"冼夫人说道,"按照朝廷规定,刺史不能随便召见太守,他这么做,一定是想要你同他一起造反!"

"造反?"冯宝大吃一惊,后退一步,问道,"李迁仕要造反？你怎么知道的？"

"当日李迁仕接到援救的命令后，理当立刻发兵，可一方面他一再拖延时间，迟迟不去援救；另一方面，他又不断召集人马。到现在，他以小博为诱饵，叫你前去，目的不就是想把你也关起来，当作人质，胁迫我和他一起造反吗？"冼夫人分析道。

冼夫人的这番话，说得旁边两人呆若木鸡。冯宝后背冷汗直冒，双眼发直。贝贝则急出一头大汗，连声问道："那小博呢，你们就不去救小博了？"

冼夫人却笑了："我们怎么会不救他呢？放心吧，目的没达到之前，李迁仕是不会薄待小博的。"她转头对冯宝说："你现在可以给门外的士兵回信，就说你正病着，等过几天病好了，一定会登门拜访。"

看着士兵带着信离开，贝贝急忙问："我们还要多久才能去救小博啊？"

"李迁仕早已按捺不住了，我们不用等很久的。"冼夫人胸有成竹地说。

第三天上午，他们等来了一件事。

那时，冼夫人正在后院练剑，贝贝也拿了一把木

第二章 智擒李迁仕

剑,学着冼夫人的样子,兴奋地比画着。前庭府衙突然传来了一阵喧哗,两人匆匆走出去。

府衙里塞满了人。有个老农瘫坐在太师椅上,冯宝正弯着腰,翻看着老农的裤腿。

在冯宝和老农旁边的,是一个年轻人。年轻人正大声地投诉:"我爹没招他没惹他,只在路边慢慢行走,那人骑着高头大马就冲了过来,我爹就被撞倒了,右脚动不了,可撞人的人扬长而去!"年轻人又从口袋里掏出一支箭,递给冯宝:"大人,这是那人在匆忙中掉落的箭。"

冼夫人快步走过去,接过那支箭,只见箭杆后部有一个"冼"字依稀可辨。

夫人的脸色一沉,对冯宝说道:"这是我们冼家的箭。现在赶紧请郎中给老人家敷药,还请老人家他们下午再到府衙来一趟,我们会给他一个交代。"

围观的人离去后,冼夫人盯着那支箭说:"难道冼挺他们来高凉了?为什么到现在还不来与我们见面?这当中肯定有蹊跷。"她转头对冯宝说:"我觉得你应该马上派人去南梁州,问清楚这件事情,谁真犯了法,都

像你一样勇敢——遇见冼夫人

要受到惩罚,就算是冼挺也不能例外。"

冯宝转身正想叫士兵,一个士兵已经跑了进来:"报告,冼大爷来了!"

贝贝抬眼一看,只见一位虎头虎脑、剑眉朗目的年轻人,正三步并作两步,噌噌噌地走了进来,他的后面跟着一个垂头丧气的随从。

那随从一看到冯宝和冼夫人,就跪了下来:"姑爷和夫人,对不起,盘石今早心急赶路,撞伤了路边的老人家,又怕你们责怪,所以逃回了南梁州,给你们添麻烦了,请姑爷和夫人发落。"

"盘石,你怎么就那么糊涂呢?"冼夫人跺着脚,语气焦急。

"我听说他撞伤了人,并且没告诉你们重大的情报,就将他押来了,希望能让他将功赎过。"冼挺说。

"你且说说,什么重大的情报。"冼夫人说。

"今天凌晨,李迁仕手下得力的大将杜平虏带领三千精兵,偷偷潜入赣石,和陈霸先太守率领的援救队伍打了起来。陈霸先派部将周文育前去迎敌,两军一时相持不下。"冼挺说。

第二章 智擒李迁仕

冯宝转头望向夫人，眼里充满钦佩："李迁仕果然造反了。"

"杜平虏是李迁仕手下的一员勇将，现在他带兵出去，进驻赣石，同陈霸先相持，一时回不来。李迁仕一个人在高州，力量单薄，我们等待的时机到了，明天就可以行动了。"冼夫人说道，"今天下午我们给老人家一个交代，然后再来商议这件事情。"

"还要怎样交代啊，我们赔给老人家一笔汤药费，让他好好疗伤，这事情也就算有了个交代。"冯宝说。

"那怎么行？天子犯法都要与庶民同罪，我们怎么能因为是自己人就网开一面？冼挺的纵容包庇罪也要一并治了，该怎样处罚你就下令怎样处罚！"

"夫人，冼挺没有纵容包庇，他知道情况后已经在第一时间将盘石押送过来了。"贝贝忍不住开口了。

冯宝也急忙说道："是啊，盘石也是为了第一时间给我们呈送重大情报，才误伤老人家的，现在也可以算作将功赎过了。"

"盘石撞伤人在先，逃逸在后！冼挺教导无方！这些都是铁一样的事实，谁也推脱不了！"冼夫人瞪大眼睛看向冯宝，眼神坚定。

"夫人，这怎么行！再怎么说，盘石是你的亲族。"冯宝低下了头。

"你今天不秉公执法，他日谁会听你的号令？你要全郡上下政令畅通、人和气顺、运转有序，就必须有严明的纪律，坚持纪律面前一律平等！"冼夫人的口气里没有丝毫商量的余地。

"老妹说得对，妹夫，你就秉公执法吧。"冼挺说话了。

"姑爷，您就秉公执法吧。"盘石也说话了。

下午，冯宝当众宣读判决书，责令盘石赔偿老人家，重打五十大板；冼挺管教不严，重打五十大板——当堂执行！

一时间，府衙里响起"啪啪啪"的杖打声和"哎哟哎哟"的呻吟声。贝贝躲在冼夫人身后，小心脏扑通扑通地狂跳不止。

"冼夫人，太守老爷，他们都认罪了，你们就饶了他们吧。"老人家拄着拐杖出来求情。

"是啊，他们认错了。冼夫人，太守老爷，你们就饶

第二章 智擒李迁仕

了他们吧。"老人家的儿子说道。

冼夫人一动不动,眼神如潭水一样深邃。

冯宝暗自叹了口气,也没出声。

当五十大板打完后,冼挺伏在木板架上,久久爬不起来。另一边,盘石被打了四十大板后,早已经晕了过去。

"夫人,盘石晕过去了,我们是不是可以停下了?"贝贝拉着冼夫人的衣袖,小心翼翼地问。

只见一滴眼泪从冼夫人眼中落下,接着,一滴滴的泪水啪嗒啪嗒落下来,可她还是没有出声。

冯宝也紧紧咬着牙,沉着脸,不说话。

士兵们只能继续打。

行完刑,冼夫人拿着金疮药看望两人。

"冼挺,你还好吗?"冼夫人满脸的心疼。

"这点皮外伤算得了什么?"冼挺站起来,故作轻松地跳跃几下。

"没事就好。希望你能理解妹妹的用心,不会责怪妹妹。"冼夫人语气里充满了歉意。

"老妹,你没错,是我们错了。"冼挺拍拍冼夫人

像你一样勇敢——遇见冼夫人

的肩膀,咧嘴一笑。

冼夫人这才松了口气,对冼挺说:"我们已经给李迁仕去了书信。明天,我会以请罪的名义给他送厚礼,趁机发动攻击,然后你带两千士兵在城外守候,里应外合。我们要活捉李迁仕,交给陈霸先。"

"没问题。"

当晚,月色如水,庭院静美。贝贝趴在窗户旁,看着皎洁的月亮从葡萄藤上层叠的叶片中露出圆脸,怎么也睡不着。想着明天就可以见到小博,她有点高兴;想着明天的战斗是真枪真刀,不再是影视剧里的道具表演,她有点害怕;想着冼夫人流着泪也要秉公执法,那坚决的样子在她面前回播,她有点感动。

那一夜,贝贝久久难以入睡。

第二天天一亮,贝贝和冼夫人并排行走在队伍的前头。贝贝不时回头看,这支队伍真够壮观的。一千多名士兵都经过精心乔装打扮,换上了普通老百姓的衣服,挑着沉甸甸的担子,浩浩荡荡跟在后面。

"贝贝你要记住,等会儿看到小博,你第一时间拉上他,找个地方躲起来,刀剑无眼,常会有料想不到

第二章 智擒李迁仕

的事情发生。另外,你们回到家乡后,一定要好好练武,只有学会了本领,才能自保,才可以保护家乡和亲人。"冼夫人一再叮嘱贝贝。

贝贝点着头,嘴里"嗯嗯"应答着,心里像打翻了五味瓶,百感交集,说不出话来。

不多久,大家来到了高州城。

士兵冲着城门大声喊道:"高凉太守夫人亲自送吃的用的来了,快开门吧!"城门上的李迁仕擦亮眼睛仔细看,果然是冼夫人,心中暗喜。

一旁的小博趁机说道:"原来冯宝太守畏罪不敢前来,只敢派夫人给大人送礼物啊。"

李迁仕更高兴了,挥手下令:"开城门!"

城门开了,贝贝首先冲了过来,拉起小博走到一旁去了。李迁仕也无暇理睬他们,笑呵呵地迎向冼夫人。

看到大部队都进了城门,冼夫人突然停下了脚步,右手一挥,大声喊道:"兄弟姐妹们,报答朝廷的时候到了,动手!"

一千多个士兵,"啪"的一声放下担子,"唰"的一声抽出兵器!"冲啊——"他们大声呐喊着,向李迁

像你一样勇敢——遇见冼夫人

仕冲了过去。

李迁仕终于反应过来了,连忙夺过旁边侍卫的马,蹬上马鞍,用力一拍马屁股,灰溜溜逃走了!

"冼夫人,马在这里,你快追上去,别让李迁仕逃跑了!"小博牵着一匹马过来,将缰绳递给了冼夫人。

冼夫人也不客气,踩着马镫,一跃上马。

"你的弓箭。"贝贝将弓箭递了上去。

"谢谢你们,家乡来的亲人。我打包票,他跑不了啦!"冼夫人背上弓箭,朝李迁仕的背影追了过去。

陷入混战中的士兵见到自己的首领都逃跑了,也无心再战,纷纷脱掉铠甲和扔掉兵器,选择了投降。

"冼夫人会有危险吗?"看着一片混乱的高州城,贝贝问小博。

"才不会呢!她是谁啊,我们的冼夫人呢,怎么会有危险啊!"小博笑着告诉贝贝,"李迁仕往北逃走,想要依附杜平虏的军队,可哪里跑得过乘胜追击的冼夫人?他逃跑到南康郡,就被活捉啦。后来呀,冼夫人和陈霸先在赣石会师,一举击溃了杜平虏的叛军,还配合陈霸先平定了侯景叛乱,解了梁朝的危机,维护了国家的统一,被梁朝册封为'保护侯夫人'。"小博对这段历史熟悉得能倒背如流。

贝贝这才松口气,但是很快,另一种情绪涌上来,让她感觉心口像搁了块石头,有点沉重。是的,历史从来不是轻松的话题。

"想回去了吗?"小博问贝贝。

"你想到回去的办法了吗?"贝贝问。

"还没有。"小博老实地说,"不过,我发现了一个规律,只要我们一起舞动木偶,我们就可以走到唱词里的年代。"

"那就继续往前走吧。"

"前面还会有很多战争。战争是要流血的,不是很好玩的。"

"虽然不好玩,但是,能亲身经历冼夫人经历过的事,能亲眼见证历史,看到真实的冼夫人,这个也很重要。"

"那好,你跟着我往下唱。"

小博举起木偶,唱着转身。贝贝也举起木偶,一边转身,一边跟着唱了起来:"为国舍儿竭忠贞,妙计击败欧阳纥。"

　　他们这一次转身,转到了另一个陌生的时空。

第三章　击败欧阳纥

时间：公元570年。

背景：南朝陈时期，陈宣帝感受到地方豪族欧阳纥在南方的势力越来越大，想运用调虎离山之计，召唤时任广州刺史的欧阳纥入京任左卫将军，以便将其控制在身边。野心勃勃的欧阳纥当然不想离开南粤大地，于是，在广州发动了叛乱。作乱前夕，欧阳纥以商议军情为名，将冼夫人唯一的儿子冯仆诱捕，关押在广州某个秘密的地方，然后派人将冯仆的求救信送给冼夫人，想要逼迫冼夫人投降。

小博和贝贝这次来到了阳春郡太守府议事大厅。

一个五十多岁的老妇人，坐在书案旁。她的左边站着一个女侍卫，右边也站着一个女侍卫，两人恭敬地看着老妇人。

老妇人的目光落在了书案上的一封信和一张白纸上，她看着看着，陷入了深思的泥潭。很明显，老妇人

像你一样勇敢——遇见冼夫人

想要回书信,可又迟迟落不了笔。这时,她咳了起来,肩膀不断地抖动。

"夫人,您先歇歇。"左边的侍卫轻轻拍打着老人的后背。

"夫人,您改天再回信吧。"右边的侍卫轻声劝说。

"不,这信推迟不得!"老妇人说着,毅然拿起笔,回起信来。可是,这笔仿佛千斤重,她写一笔顿一下,似乎要将字刻在信纸上。

"我忠贞报国,历经两朝,不能因为舍不得你而对不起国家!"贝贝凑上前去,忍不住轻声念了起来。

围着书案的三人迅速回头。对于小博和贝贝的突然出现,她们除了大吃一惊,还是大吃一惊!

"你们是谁?"两个女侍卫口动,手动,一个转身,敏捷地拦在小博和贝贝的面前。

"夫人,我是小博啊。"

"夫人,我是贝贝啊。"

"怎么又是你们?"老妇人撑着案几站了起来。她眯起眼睛,仔细看着小博和贝贝,心中的疑问一圈圈扩

第三章 击败欧阳纥

大："我记起来了,你们是从家乡来的。都说岁月如刀,刀刀催人老,但你们身上怎么没有丁点儿岁月流逝的痕迹?你们到底是谁?"冼夫人的眼神突然变成两把利剑,仿佛要穿透两人的灵魂。

"我们……我们……我们真是您的族亲啊。"贝贝大声说道。

"当年,我和冯宝相识时,你们就在场了;攻打李迁仕时,你们也在场。从初识到现在,时光已经过去差不多四十年,人世间早已人事全非,而你们为何还是初见时的那副样子,甚至还穿着不变的衣服?"冼夫人语气里怀疑的味道越发浓郁了,大声质问道,"说,你们到底是什么人?"

"回夫人,我们是来自未来的人。"小博连忙解释。

"未来的人?"冼夫人咳了几声,眉头皱成了麻花。在过去几十年的战争生涯里,她走南闯北,什么人没见过?什么奇异的事情没经历过?哪儿有未来的人?

"未来的人就是现在还没出现,但以后会出现的人。我们是以后冯、冼家族里会出现的人。"贝贝试图向冼夫人做个清楚一点儿的解释,可冼夫人仍然紧锁着眉头。

"夫人,这么说吧,我们是一千四百多年后的冯、冼后人,您的亲人。"小博补充道。

"嗯……一千四百多年后的冯、冼后人,竟然回到了一千四百多年前的时代?"冼夫人虽然满腹疑惑,但语气还是缓和下来了,"世间的事情无奇不有,未来的人或许有可能出现呢。怪不得你们小小年纪,就知道那么多事情;怪不得你们每一次出现,都让我有一种说不出的亲切感。"

贝贝紧绷着的神经也终于放松了。她靠近书案,指着书信问道:"夫人,您这信是写给谁的?"

"唉……"冼夫人长叹一声,又咳了起来。

"信是写给冯仆的。"小博替夫人回答。

冼夫人叹了口气,点了点头。

"冯仆?"贝贝在信息的海洋里快速搜索——对"冯仆"这个名字,印象有点儿模糊。

"冯仆是冯宝和冼夫人唯一的儿子。当年冯宝因积劳成疾去世,那时陈朝刚刚建立,岭南各地的酋长互相

第三章 击败欧阳纥

攻击，掠夺奴隶和地盘，乱成了一锅粥。冼夫人带着年仅八岁的冯仆，竭尽全力抚慰百越各部落，平息战乱。之后，冯仆不顾父孝在身，手拿扶南犀杖，率领各族酋长长途跋涉，去到丹阳，向陈霸先表达高凉人民归附陈朝的意愿。陈霸先感念冯家的功劳，当场封冯仆为阳春郡太守，其他酋长也一一得到了封赏。"小博将那段历史详细地告诉贝贝。

"原来是这样。"贝贝向小博投来神情复杂的一瞥，眼神里有对小博知道那么多的赞许，也有对冯仆的钦佩之意。

"你……"冼夫人看向小博的眼神也相当复杂，她明显被小博的话镇住了，"小博，你还知道些什么？"

小博对冼夫人笑笑，说道："我还知道，现在冯仆被广州刺史欧阳纥秘密软禁了，因为欧阳纥想利用冯仆来威胁您，希望您能协同他一起叛乱。"他顿了顿，继续说道："你们现在经历的事情都被后人记录了下来，被传唱开来，被写进了书里。"

"也就是说，我们现在所做的一切，在你们的时代，都变成了历史？"冼夫人将目光移向远方，像在问

像你一样勇敢——遇见冼夫人

小博,又像在自言自语,"历史有没有告诉你们,欧阳纥这算盘从一开始就打错了?"

小博连忙点头,大声说道:"是的,他一开始就错了,错在太过相信自己了,又太低估我们冼家军的力量了。"

"他怎么就不学他父亲忠于朝廷?非要挑起战争,祸国殃民,危害统一。"冼夫人又一阵咳嗽,捂住胸口。她的心有点痛。

"夫人,夫人,您歇歇,千万别激动。"两个女侍卫扶着冼夫人坐下来。

"冯仆没事吧?冯仆会安全归来吗?"贝贝更关心被软禁的冯仆。

"放心吧,冯仆大人福大命大,肯定会平安无事的。"小博说道。

"如果冯仆有什么三长两短,我如何面对已经过世的冯宝?可是,家与国,孰轻孰重?冯宝,你不会怪我吧?"说完,冼夫人眼中的泪水唰地滚落下来。

小博连忙说:"夫人,您一定要注意保重自己,冯仆不会有事的,您也不要再为冯仆伤心难过。"

第三章 击败欧阳纥

"这些都是历史告诉你的,对吗?"冼夫人右手撑着书案,喘口气,定定神,大声说道,"但我更相信,历史是由人创造出来的!"她转头吩咐旁边的女侍卫:"立刻传召五虎将军,书信到达欧阳纥手中之日,就是我们平叛之时!"

不一会儿,五位威武神勇的大将军步履匆匆地踏进了大厅。

冼夫人和五位将军站在书案旁,有时在桌面上比画着,有时又一起趴在桌面上写画着。冼夫人告诉他们,明天带领多少士兵、在什么地方攻打、如何攻打等等。五位将军不停地点着头,一个个领命而去。

"喂饱我的大白马,备好我的铠甲,明天我会在主战场与欧阳纥正面交锋!"冼夫人吩咐女侍卫。

两名女侍卫你看看我,我看看你,然后一齐说道:"夫人,您正病着,您需要休息……"

贝贝也连忙说:"夫人,等您病好了,咱们再出兵也不迟。"

冼夫人摇了摇头:"《孙子兵法》有言:'兵之情主速。'意思是说,用兵的诀窍,贵在神速。神速出击往往能打敌人一个措手不及，令敌人防不胜防。这封信一旦到了欧阳纥手中，欧阳纥知道他的愿望落空、威胁无望时，冯仆就有生命危险了。所以，行动一定要快，不能再拖！"

第二天一大早，贝贝和小博换上了厚实的军装，骑着温顺的小黄马，和冼夫人并排走在队伍的前头，向广州方向出发了。

岭南的三月，正是山花烂漫时。姹紫嫣红的杜鹃花和无名的野花争妍斗艳，将连绵的山头和蜿蜒的山间小路铺成了华美的绫罗绸缎。

贝贝贪婪地左看右瞧，恨不得能长出十八双眼睛来！当她再抬头，远望，发现路旁竟然出现了一棵棵奇特的大树：它们拥有着壮硕的躯干，顶天立地地矗立着，树干树枝上没有一片叶子，而树梢处却盛开着一朵朵如火炬般的大红花！

"哇，这是什么花啊？这么美丽！"贝贝好奇极了。

"英雄花。"小博微笑着答道。

"哇，大英雄才能佩戴的花啊，真的惹人喜欢

第三章 击败欧阳纥

啊。"贝贝一脸迷醉。

"不一定是英雄才能佩戴的。不过太高了,我们摘不到。"小博无可奈何地摊着双手。

两人正小声地议论着,旁边的冼夫人微微一笑,手一扬,一道银光在半空闪过,树上的几朵花与树枝告别,一路旋转而下,啪嗒一声落到地上。

贝贝急忙下马,捡起三朵大红花,如获至宝。

军队来到广州城门。

欧阳纥早在城门下摆开阵势。他接到冼夫人的回信后,果然恼羞成怒,当场发难:"你这疯子,为了自己的荣华富贵,连自己儿子的性命也不顾了。你既然无情,就不要怪我无义了!"

"国都没有了,还会有家吗?在国家面前,个人生死又算得了什么?你倒是想想,你怎么面对你忠心耿耿的老父亲!"冼夫人一阵咳嗽,右手捂着胸口,左手一挥,后面的军队一拥而上,两军激战起来。

养尊处优的城里军队哪里是骁勇的冼家军的对手,看着兵士节节败退,欧阳纥也一步步往城门里退。

"欧阳纥要逃跑了!"贝贝和小博紧跟着冼夫人,

像你一样勇敢——遇见冼夫人

眼睛紧紧盯着欧阳纥。看着欧阳纥往城里冲,他们急得火烧火燎,直跺脚。

"暂时放他一马,只有他知道冯仆的下落。"冼夫人左手一挥,一位大将军点着头,尾随着欧阳纥冲了过去。

"小博,我们也去帮忙。"贝贝喊。

"小博,贝贝,留在我身边,别乱来!"冼夫人大喊。

可是,小博和贝贝已经跟着那位大将军冲出去了。

两人随着大部队往城里冲,城门周围一片混乱,守城的和攻城的打得火热。守城的士兵伤的伤,逃的逃。贝贝和小博追着逃兵往城里走。城墙边,很多受伤的士兵横七竖八地躺在地上。两人看到一个受伤的士兵,问道:"欧阳纥在哪里?"

那伤员指着前方说道:"往刺史府的方向走了。"

贝贝问小博:"欧阳纥急匆匆逃回刺史府,他想干什么呢?"

"他的目标应该是冯仆。"小博说。

"糟了,冯仆有难了!"贝贝心里火烧火燎,急出

第三章　击败欧阳纥

一身汗,"我们要是换上他们的衣服,办起事来会不会更方便些?就这么办吧,快点!"

两人走到两个矮小的伤兵面前,七手八脚剥下他们的衣服,快速穿上,又捡了两顶军帽戴上,然后沿着城墙一路往前。

在一栋很气派的浅黄色建筑前,两人停住了脚步。大门敞开着,门上方正中位置写着"刺史府"三个大字,而门口竟然连一个把守的卫兵都没有!两人轻而易举地走了进去。

空荡荡的大厅,连接着几条长而幽暗的走廊。小博和贝贝站在大厅里,放眼看去,有的长廊有士兵晃动的身影,有的长廊空无一人。

"我们往哪儿走呢?"小博问。

"当然往有士兵守着的长廊走咯。"贝贝答得很干脆。

"为什么?"小博有点蒙,"走向守卫士兵,我们会被拦下来,你想过结果吗?"

"如果没有士兵把守,那地方会是重要的地方吗?既然不重要,我们去那里又有什么用?"贝贝反问。

像你一样勇敢——遇见冼夫人

"有道理,欧阳纥应该在里面。"小博指着有人的走廊说。

"有可能。不过,我们不是来找欧阳纥的,我们要尽量避开他,尽快找到冯仆!"贝贝说,"冯仆啊冯仆,你会被关在哪儿呢?"

"你想想,你抓了一个很重要的人物,你会将他关在哪儿呢?"

"如果是我,我一定会将他关在自己看得到的地方。我的意思和那句'最安全的地方是最危险的',应该是一个样的。"

"最危险的地方有时候也是最安全的,有道理。"小博点点头,又探头数了数走廊那些晃动的人头,人一下子变成霜打的茄子,蔫了,"一二三四五,五个士兵,我们怎么打得过他们啊。"

"打不过干吗要打呢?"贝贝瞅他一眼,小声说道,"走吧,看我的。"

贝贝挺着胸膛,装模作样地迈着方步,往前闯,冲着站在最前面的一个士兵,瓮声瓮气地问道:"早饭谁送给冯仆的,他吃了吗?"

第三章　击败欧阳纥

小博忍住笑,也将腰板挺得直直的,紧紧跟在贝贝的后面。

"回官人,我送去的,可他照样不吃。"一个士兵跑上前,弯腰作答。

"不吃就不吃,还用求他吃吗!刺史大人让我们押他出去,要是他娘亲再不退兵,我们就让她好看!走!我们一起揪他出来!"

"冼家军那么厉害,我们能挡得了吗?"那个士兵打了个哆嗦,追着问。

"有冯仆这张王牌在手,不怕他们不退兵!"贝贝大声答。

"我这就带你去!"

一行三人往前走,其他士兵竟也没有人再过问。

往左转了三个弯,往右再转两个弯,前面越来越暗,依稀能看到狭窄走廊的两边是一间间紧锁着的密室。在走廊尽头的一间密室前,那士兵停下了脚步,掏出了钥匙。可是,在他拿着钥匙对着铜锁孔,想要开门的一刹那,竟又停了下来。

"听你们的口音,怎么不像我们广州兵,你们是打哪儿来的？以前怎么没见过面？"他慢慢转过身来。

"啪！"还没等他转过身，他的后脑勺挨了重重一击，他摇摇欲坠。等他转身抬眼一看，禁不住"呀"地尖叫起来。"冯……冯……冯宝！"然后，扑通一声倒地晕过去了。

原来，看到士兵在迟疑，小博情急之下，从贝贝的背囊里掏出了木偶，朝士兵击过去。晕头晕脑的士兵一抬眼，看到一张威武的白脸，吓晕了！

贝贝连忙拿过钥匙，打开密室门。

一位儒雅的小将军冲上来，紧紧握住两人的手。

"您是冯仆？"小博问。

"是的，正是在下。敢问两位小英雄高姓大名？"

"在下小博。"

"在下贝贝。"

两人笑吟吟地答道。

这时，冯仆突然扑到地上，耳朵贴着地面听了一会儿，站起来后，脸色全变了。他小声说道："有几个人朝这里奔来了！"

"前面是墙壁，回头是来人，这里连个躲藏的地方

第三章 击败欧阳纥

都没有,怎么办?"小博几乎哭了。

"别急,有办法了!"贝贝说道。

"害我丢了整座城!疯子!"脚步声越来越近,恶狠狠的声音又响了起来,"留着他就是祸害!我们就地将他解决掉!赶紧!立刻!马上!"

两个人闯了进来。在他们面前,密室的大门是敞开着的,三个穿着军服的士兵扑倒在一起,身上带着血。

"不好了,刺史,他逃掉了!"

"好不容易摆脱了像疯子一样的冼家将军,回到刺史府,没想到还是给她抢先一步,救走了冯仆!"恶狠狠的声音停下,跺脚声又传来,"走,我们冲出北门,到北江去!"

"北江有章昭达的水军!"

"区区一个章昭达算什么!都放马过来吧!北江是天然的护城河,我们的大船已经占据了北江的中流,我们的军队精通水战,现在只要在北江江底设置障碍物,保管他们的船只有来无回!想形成对我的南北夹攻?做梦去吧!我们先击败章昭达,再据江河的便利,与那疯子决一死战!哈哈,北江,滔滔的江水彻底将你们葬

像你一样勇敢——遇见冼夫人

送!哈哈哈!"

随着声音越来越远,密室里,两个身穿军服的人站了起来。他们连忙将那个晕倒的士兵推开,压在最底下的那个人慢慢站了起来。那人对两个穿军服的人再次拱手作揖:"谢谢小博和贝贝搭救,冯仆没齿难忘。"

小博的双脚还在打战,他对冯仆摆摆手,转头看向贝贝,嘴里嚷嚷道:"哇,贝贝,你真厉害!这么危急的关头,你竟然能想到这等妙计!"他伸手抹抹自己的脖子,手上全是英雄花的碎末儿和汁液,再看看大家的脖子,笑了:"哇,在这昏暗的牢房里,这英雄花捣碎了,还真像鲜血。"

"嘿嘿,大家没事就好。"贝贝也笑了。

"我想,我们要快点走了。我要通知我娘亲,欧阳纥要在北江布防呢!"冯仆对两人说。

"他们比你娘亲晚了一步。我们的冼夫人,你敬爱的娘亲,早在昨晚就已经派人去北江防守了。"贝贝由衷赞叹,"冼夫人真是神机妙算。"

"如果……如果刚才我们来迟一步,那结果会是……"小博回望贝贝,眼神复杂。

第三章 击败欧阳纥

"后果将不堪设想,冯仆早就不能站在这里了!冯仆再次拜谢两位小英雄的救命之恩!"冯仆扑通一声跪了下来。

"不不,不用这样,我不是这个意思,我们是一家人。"小博连忙将冯仆扶起来,回头对贝贝说,"我在想,原来是我们让历史朝着它本来的方向继续发展。"

"我什么都不想,我只知道,冼夫人已经失去了冯宝,我们不能让她再失去冯仆。"贝贝说道。

三个人往外走,整座刺史府已经空无一人。他们在门口与冲进来的冼夫人部队会合了。

一看到冯仆,冼夫人的泪水马上掉落下来。她将冯仆拉到近旁,上下端详着,又笑了起来,病也好了一半。当听到北江的军事布防,她已经精神抖擞,充满了活力,大声说道:"我们的军队已经将三个城门攻破,就剩北门让他直达北江。不过,他去到北江,看到的将会是三百多年前火烧赤壁大戏的再现!章昭达将军率领着大军到来,刚好赶得及收缴败军的武器、铠甲,顺便将欧阳纥押送至都城!"

"哇,真神了!历史正朝着冼夫人所说的方向发展！"小博佩服得就差五体投地，如同晕厥般几乎四脚朝天。

"后来呢？"贝贝问。

"后来呀，冼夫人和章昭达合力捉了欧阳纥，平了叛乱。冯仆因母亲平叛有功，被陈霸先封为信都侯，加封平越中郎将，再后来转任石龙太守。冼夫人也被册封为'石龙太夫人'，职位和待遇等同当地的刺史。"

"这样的结局真好。既然已经知道了结局，故事就没有悬念了，我们还是走吧，下一段历史会如何发展？"贝贝说。

"好，我们去另一个战场看看。"小博说，"贝贝，你跟着我唱：'坚持一统反分裂，巩固海南息争端。'"

贝贝举着木偶跟着唱。这一次，他们转到了两年后的战场。

第四章　巩固海南疆土

时间：公元572年夏天

背景：公元570年，冼夫人与朝廷派来的大将章昭达合力，活捉广州叛军首领欧阳纥，广州之乱宣告平定。欧阳纥的部众败的败，逃的逃，部分党羽逃到了海南，企图凭借地理优势，割据海南。

贝贝和小博出现在一座石山上，四周是嶙峋的怪石。

"这是什么地方啊？除了树木就是石头，这树木怎么就长在石头上呢。"贝贝对所有没见过的事物都特别感兴趣，更不会掩饰眼中稚气、好奇的光泽。

"这地方呀，其实就是一个孤岛，古时候被称为'象郡之外徼'，意思是朝廷政权难以管辖的地方。后来，冼夫人以南粤部族首领的身份向梁武帝请命，将这

像你一样勇敢——遇见冼夫人

地方设为崖州，这才结束了海南多年离乱的历史。海南岛在1988年升格为省，称'海南省'，简称'琼'，已经成为全世界著名的旅游胜地啦。"小博说。

贝贝听得吐起了舌头。

"看，这里的景色超级无敌美吧。"

"不错，不错！咦，这里还有一个小山洞呢。"

贝贝发现的山洞，就藏在两人面前一块高大的石头后面，洞口还长着高高低低的灌木。

"不认真看，还真看不出来呢。"小博说着话的当口儿，贝贝已经爬上了大石头。

"敢不敢进去看看？"小博问。刚问完，他就觉得自己多此一举了，还有什么事儿是贝贝不敢做的？

果然，贝贝一脸兴奋地说："走啊。"

两人正要跳下岩石、钻石洞的时候，一个人急匆匆跑了过来，满脸焦急。他身后还响着杂沓的脚步声和叫喊声。

"嘿，是不是有人追你啊。"贝贝朝那人招招手，小声说道，"这里有地方躲藏呢。"

那人也不多说，就爬上大石头，跟着贝贝和小博跳

第四章 巩固海南疆土

下了岩石,走到山洞口。

山洞不大,有点昏暗,有点潮湿,可也能容纳四五个人。三人也顾不了那么多,猫着身子钻进去。

刚藏好身,就听到外面有人大喊:"庄奋,我们看到你啦,你跑不了啦,快跟我们回去吧!"那喊声越来越远。

"庄奋?原来你叫庄奋啊,他们为什么要抓你呢?"贝贝问。

"唉——"庄奋一声长叹,那沉沉的叹息在山洞里萦绕、回荡,经久不息。

"这事情说起来有万泉河水那般长啊,真正追溯起来,已经是三十年前的事情了。"庄奋向贝贝和小博说起了一段有点长的往事,而在这个有点长的往事里,有个人总让他念念不忘。

那时候,庄奋是个六七岁的孩子,活泼好动,上蹿下跳,整天和村子里的朋友们上山打猎,下海摸鱼,根本不知道什么叫忧愁。但是,不知从什么时候开始,海边出现了很多匪徒,无论谁辛苦打回的鱼,也不管那鱼是大是小,全部要被没收,就连靠近海边也不行!

像你一样勇敢——遇见冼夫人

不去海边,村民还能靠土地过活。只是,那一年,超过十个月没怎么下雨,村庄大旱,屋前屋后的树根草芽已经被村民挖得差不多了。

一天清早,小庄奋被爸爸扯着到山上挖树根。傍晚时分,他们终于挖了一背篓山笋子,高兴而归。可是,在快到村庄时,他们听到山脚下响起了连片的啼哭声!

"爸爸,快下去看看!"

"不能去!"

小庄奋正想往山下冲,却被爸爸紧紧按住了!

"为什么?你为什么拦着我?"他连哭带踢,想要挣脱父亲。

"你能打得过他们吗?明知不可为,不可白白送上性命,要想其他办法。"父亲沉声说道。

于是,他眼睁睁看着一群穷凶极恶的贼匪冲进他的屋子里,将瓦锅、木凳扔出门,恶狠狠地叫嚷着,扬长而去!而他亲爱的母亲则跪在门口,不停地磕头。接着,他又看到贼匪冲到隔壁张旺家,张旺被反绑着手,抓走了!张旺家的小黑狗也被带走了!

天黑了,小庄奋和爸爸在夜色的掩护下,偷偷潜回

第四章　巩固海南疆土

了家。

那个晚上,全村无人入睡。

"这村庄是不能再住了,总有一天你们也会被抓走的。没有吃的,我们有手有脚还不至于饿死,可是,你们要是被抓去当贼匪,生命就没有了保障,就算活下来,也成了家族的耻辱。"母亲的话,庄奋记得特别清楚。

夜晚,庄父、庄母挨家挨户串门。

第二天,四户人家一共十一个人,背着简单的行李,含着眼泪,一步三回头地离开了家,离开了小村庄。

"你们记住,尽量走小路,人少一些。我在家里等张旺回来,我一定要等到他回来!我也等你们,一定要早点回到家乡来!"张旺母亲对他们说。

大家点着头,可内心一片茫然。家乡是他们出生和生活的地方,如果可以选择,他们绝对不会选择离开,可现在又不能不走。可要走到哪里去,他们也没有答案,只能走一步看一步。

他们不敢走大路,就往山上走,以为山林最安全。

像你一样勇敢——遇见冼夫人

没想到,正当他们离开村后的大山时,在一个小山坡下,他们迎面遇上了一群贼匪!十一个人一齐奋起反抗,小庄奋甚至用牙咬,用脚踢。赤手空拳的他们还是被穷凶极恶的贼匪打趴在地上。

"寨里正缺人,全部给我绑回山寨去!"一个首领模样的匪徒大喊着。

四五个喽啰拿来绳索,就要将他们捆绑。

"住手!"一声大喝之后,旋即冲出一队人马!带头的女子英姿飒爽,骑着大白马,披着一件红披风,披风随风飘扬,像一面耀眼的红旗。只见女英雄手中的大刀一横,挡在匪徒面前!

那个凶恶的匪徒首领举起大斧头,朝女英雄冲过去。只听"当"一声巨响,他的大斧头当场被震飞!

匪徒首领掉转头,拔腿就跑!其他喽啰也赶忙跟着,一溜烟跑得干干净净。

众人趴在地上,看得目瞪口呆,竟然忘记要站起来。

女英雄也没去追匪徒,而是跳下马,扶起躺在地上的众人。她旁边的一位英俊潇洒的男子也跟随着跳下

第四章　巩固海南疆土

马,加入救扶的队伍。

女英雄一边给他们包扎伤口,一边详细问起他们的情况。当听完村民的遭遇后,她霍地站起来,大声说道:"可恨,回去之后,我一定要向朝廷请命,设这里为崖州,让朝廷集中管理,让这里的兄弟姐妹的衣食住行得到保障!"

在往后漫长的时光里,庄奋都牢牢记得大家叫女英雄为"夫人",记得女英雄说要将他们家乡设为崖州,记得离开时,女英雄给了他们一袋袋的番薯和芋头。他们之所以能顺利地走出大山,来到另外一个无人小岛居住下来,也完全得益于女英雄送的番薯和芋头。因为无人小岛上的松软的泥沙地,特别适合番薯和芋头的生长——秋天到来时,不但结出了硕大的果实,而且味道特别香甜!

他们居住的无人小岛美丽极了。水碧天蓝,海里有吃不完的鱼、虾、蟹。在这个与世隔绝的美丽小岛,这十一个人过上了梦想中的自由富足的生活。后来陆续有一些外来人也来到这个小岛,外来人都和他们一样,进来后就再也不想走出小岛。这样,小岛的人口很快增到

像你一样勇敢——遇见冼夫人

了两百多。

两年前,庄奋的父母先后去世了。临终前,庄父拉着庄奋的手,沉沉地说道:"出来那么多年了,回故乡看看吧,故乡始终是养育了我们的最初的摇篮。"

故乡的模样逐渐在庄奋的脑子里清晰起来。

怀揣父母的遗愿,庄奋告别了妻子和两个孩子,只身回到了故乡。

凭着童年朦胧的记忆,庄奋回到了家所在的地方,却惊奇地发现,他的家和隔壁张旺家都不见了!那地方变成了一间方方正正的大屋,青瓦屋檐下,朱红木门紧闭着,顶头一块横匾,上面书写着"文武学校"四个大字。

庄奋站在"文武学校"门口,透过木门缝往里看,里面是个宽大的院子,院子里有二十几个小孩正在练武。庄奋正看得入神,肩膀被人轻轻拍了一下。扭转头,他看到一张英武的脸孔,模样有点熟悉。

那人同样打量着他。不一会儿,他们几乎同时喊出声来——

"庄奋!"

第四章 巩固海南疆土

"张旺!"

来人竟然是张旺!童年时住在隔壁的好朋友!

"你……你……你不是被抓走了吗?"庄奋激动得嘴唇哆嗦,半晌才把话说全。

"那是老早老早的事情了。"张旺朝他道,"庄奋,你……你……这些年,你去哪里了?"张旺一会儿抓庄奋的肩膀,一会儿拍庄奋的头,同样激动得难以控制自己,说:"我被抓走没几天,就被冼夫人救出来了,其他父老乡亲也都被救出来了。那些贼匪归顺了冼夫人。我们呀,就像没人要的孩子终于找到娘亲,我们这个海岛也终于回到了朝廷的怀抱,被命名为'崖州'。我们家乡总算找到了依靠。"

"冼夫人?原来她就是冼夫人!"庄奋的面前又浮现出当年那个骑着白马、披着红披风的女英雄,那形象虽然时而模糊,时而清晰,可一直在记忆的浪头里出现。直到那天,庄奋才知道女英雄叫冼夫人。

"冼夫人和冯宝刺史除了帮我们平定匪贼叛兵,还教我们使用牛耕,帮我们兴修了水利,我们都不饿肚子了。看,这是我们的学校,快进来看看!"张旺推开木

像你一样勇敢——遇见冼夫人

门,拉着仍在发呆的庄奋走进学校。

一开门,一帮孩子拥了上来,七嘴八舌地问这儿问那儿。

张旺弯下腰,笑着将孩子们打发走,回过头来对庄奋说:"我们进去看看。我们家的厅堂都打通了,改成了这个大厅堂,供孩子们吟诵诗书用。我们家的卧室、厨房都保留着呢,现在你回来了,可以住回原来的房间了。有那么多孩子陪着你,你就算一个人回来也不会感觉寂寞呢。"

"那……你呢?你一直住这里吗?"

"对啊,我一直住这里。当年冼夫人将我从匪窝里救出来,发现我会点功夫,就任命我当这间学校的武教头。我在这里工作,在这里生活,有意思吧?"

"真有意思。"庄奋说的是真心话。他第一次发现,除了自己那个与世隔绝的小岛,竟然还有新的天地,可以过上一种别样的生活。

庄奋在原来的房子、现在的学校里住了下来。他每天跟着张旺检查孩子们的学习,和张旺一起带领孩子们练木棍木枪。更令他自豪的是,他制作弓箭的手艺——

第四章 巩固海南疆土

这一回，终于有了用武之地！他为孩子们制作了一支支木弓箭，教孩子们拉弓射箭。看着孩子们纯真的笑脸，他自己也开心不已。

时间一晃就过了两个月。

一天早晨，张旺兴冲冲地走进来，说道："我刚看到从海边回来的七叔，他说他看到有大船驶向了崖州，我们快要迎来客人啦。待会儿教完孩子练棍，等大雾散去，我们就去海边看看，说不定冼夫人又来了。她都好几年没来了。"

庄奋一刻也等不及了。他看看还在教孩子练棍的张旺，然后拿起刚做成的弓箭，急匆匆跑了出去。

庄奋跑到海边，看到了停靠在沙滩上的大船，也看到了从大船上跳下来的军人。他们穿着旧军服，盔甲破损，手握的旗帜已经被烧掉一半，几乎站立不稳，东倒西歪。那些人里根本没有他一直心心念念的冼夫人！

就在庄奋迟疑张望的当口儿，有军人看到他了。很多军人围上来，指着他背上的弓箭，说笑了一会儿，就将他捆了起来！

就这样，无论怎么叫喊，怎么挣扎，庄奋还是被他

像你一样勇敢——遇见冼夫人

们抓走了,被押送到了距离海边不远的一个山头。

"唉,又遇上匪徒了!"庄奋心里叹息着。

匪徒知道他会制作弓箭,也没有为难他,让他吃好喝好,逼迫他制作弓箭。

庄奋从匪徒们骂骂咧咧的抱怨中知道,原来他们是在广州打了败仗,逃到崖州来的,而且还是被冼夫人打败的!

"冼夫人!"庄奋心里的那团火又烧了起来。他一直想找机会逃走,可惜一直被匪徒轮流看守着,无法逃脱。

机会在等待中到来了。

"门口只有一个匪徒,他去了茅厕,我就冲了出来。接下来的事情,你们也看到了。"庄奋说。

贝贝和小博终于长舒口气。

"现在,你最想做的事情,就是尽快摆脱匪徒的追踪,回到你的家乡去。我猜得对吗?"贝贝问庄奋。

"对的,对的。"庄奋不断点头,又摇摇头,"只是,现在的家乡恐怕也不太平了。"庄奋又叹息一声,说:"我被困在匪窝里,每天都听到看管我的匪徒说,

第四章　巩固海南疆土

今天他们又抢了多少东西,今天又夺取了哪个村庄。我的心就像被刀割一样,我的家乡恐怕已经被占领,亲朋好友恐怕已经惨遭毒手了。"庄奋眼里含满了泪水。

"既然欧阳纥的残兵败将逃到了崖州,还在崖州作威作福,企图破坏统一大业,冼夫人又怎么会袖手旁观?放心吧,过不了多久,冼夫人就会来崖州了。"小博说。

"冼夫人!这……我就放心了。"庄奋的眼睛重新明亮起来,"现在,我们就回学校等冼夫人吧。"

"那还犹豫什么呢?走吧。"贝贝已经猫着腰走出了洞穴。

当他们顺利地摸回到学校门口时,发现学校像个巨兽一样,朝外张开着黑森森的大嘴。学校的两扇木门不见了!

庄奋冲进大厅,大厅空荡荡的,他住的房间也空荡荡的!木板床不见了,条凳不见了,就连搁在条凳底下的那双布鞋也不见了!偌大的房子就剩下墙角几张新结的蜘蛛网。

庄奋举着手,瞪着眼,张着嘴,说不出话来。

像你一样勇敢——遇见冼夫人

贝贝和小博也吓坏了,都不敢发出声音。

"我们回来晚了!匪徒来过了!张旺!孩子们!你们去哪儿了啊?"隔了好久,庄奋仰头大喊起来。

"庄奋,你能逃过劫难,相信他们也能。"贝贝安慰他。

"希望他们能……"庄奋往门外走,"我们找找看。"

村庄里没有人走动,家家户户门窗紧闭,门口无一例外地插着一面面用纸糊的五颜六色的三角形旗帜。

贝贝走到一户人家门口,好奇地拿起一面小彩旗,细细研究起来:"难道这里要举行一场国际赛事?"

"你国际频道看多了。这个呀,叫作'百通小令旗'。小令旗被插在冼夫人背后,她顺手拿下,以旗代令,旗到令到。"小博说道。

"哦,我明白了。"贝贝笑着点点头,将手中的小令旗一挥,大声喊道,"冯小博听令!"

"末将遵命!"小博笑嘻嘻地拱手作揖。

贝贝大声说道:"在下命令你像冼夫人那样,只做好事,不做坏事!"

第四章　巩固海南疆土

"是，是，是。"小博小鸡啄米一样点着头。

看着两个无忧无虑的年轻人，忧愁的庄奋第一次露出了笑容。

庄奋正色告诉他们："每家每户都喜欢插这种小令旗，其实代表了村里人对冼夫人的怀念和盼望，盼望她能再次光临崖州，为我们平定匪徒，让我们重新过上幸福的生活。"

"嗯，每年农历二月初九至十二，海南省很多地方都会举行为期四天的大型活动，纪念冼夫人当年出征平乱，让人们可以安家乐业的壮举，同时大家会领取一面百通小令旗，希望通过插百通小令旗，求得一'令'传下，事事顺利。"小博说。

"我们还会将芋头、番薯、葱等农作物摆出来祭祀，那是冼夫人送我们的。我们还会组织秧歌队、舞狮队模仿冼夫人当年出兵和两军交战的仪式，当然还有起舞欢歌等活动，以此来纪念冼夫人。"庄奋补充。

"这样就形成了闻名世界的军坡节。"小博进一步补充。

"原来如此。"贝贝向庄奋和小博竖起了大拇指，

像你一样勇敢——遇见冼夫人

还将大拇指按在小博的额头上,"你呀,人和名一个样,小小博士通。"

小博脸一红,害羞起来。

庄奋突然变得紧张起来。

"不好,有队伍来了!"他整个身子伏在地上,听了一会儿,又站起来,搓着手,团团转,"大部队!至少一千人马,朝这路上奔来!快,我们快找地方躲躲!"

贝贝和小博也慌了,现在家家户户大门紧闭,躲哪儿去呢?他们三人在没人的小路上横冲直撞,终于,冲在前头的小博撞上了一匹高头大马。

"吁——"大马被硬生生勒住,一个年轻的军人跳下马来。

"哎哟,哎哟!"小博揉着屁股,坐在地上呻吟着。

贝贝和庄奋吓蒙了,傻乎乎地站在一旁。不过,仅仅一秒钟之后,贝贝就跳了起来,手舞足蹈地奔向军人,大惊小怪地喊叫着:"冯仆?冯仆!你这家伙怎么现在才来啊!"

第四章　巩固海南疆土

"贝贝！小博！"冯仆也认出了他们。

"让大家久等了，让崖州的父老乡亲们受苦了，都是我的过失啊。"冼夫人听完庄奋的汇报，满怀愧疚地说。

"我愿意协助夫人攻打苏寻峒，拿下叛匪的老巢。"庄奋自告奋勇，并将他所知道的信息一股脑儿告诉了冼夫人。

冼夫人很认真地听着庄奋的汇报，不时点着头："叛军占据了有利的地形，那地方的确易守难攻。我们得要想些与以往不一样的战术才行。"

"这好办，我们可以因地制宜。这里的特点是石头多，我们大可以通过投石车将石头往山上投砸，肯定砸得他们下山求饶。"贝贝说。

"我觉得最好的办法是火攻，历史上那样的例子多了去了，山下的火往山上烧去，有多少人能扛得住啊。"小博说。

冼夫人沉思不语。

冯仆开口了："你们的方法不是不行，只是，那样攻打，叛军将会全军覆灭。"

像你一样勇敢——遇见冼夫人

冼夫人接着说:"叛军里头,很多人是像庄奋那样被抓去当壮丁的,他们本来就是崖州的父老乡亲。只要我们动手,他们就性命难保了。"

"我们干脆直接冲上去,速战速决,我们的人马都是精锐的部队,他们都是游兵散勇,根本就不堪一击。我们冲上山,肯定可以手到擒来。"贝贝说。

"对,我们有崖州老百姓做后盾,还可以和叛军打持久战。时间一久,他们就会缺吃少穿,自然就要下山求饶啦。"小博说。

"你们真是进步不少啊。"冼夫人赞赏地看了看贝贝,再看看小博,笑了,接着神色又变得庄重起来,"如果硬碰硬,我们的损失也将会是同等的。另外,打持久战,对大家都是一种煎熬,我们的粮草需要船运过来,同样耗费不起啊。"

"那还打仗吗?"贝贝问。

"仗是要打的,不过,夫人看来已经有妙计啦。"小博看着成竹在胸的冼夫人,笑了。

"我们要用最小的代价赢取这场战争的胜利!"冼夫人朝两人笑笑,接着,向庄奋招招手,"庄奋,你过来。"

冼夫人和庄奋人手一支箭,在地面上画了起来。

战争打响了。

山上的石头源源不断地滚落下来。山下的人马有条不紊地往两边撤退,躲避。

匪军搬了一趟又一趟的石头,累了,刚休息一会儿,山下印着"冼"字的大旗又出现了,旗帜在树木和岩石间迎风飘扬。

"呀——冲啊——"山脚下,士兵们的呐喊声此起彼伏。

石头、利箭如同蝗虫一般,从山上密集飞落,可山下士兵的叫喊声和大旗又消失了。

整个下午,在这样的情形反复出现了四五次之后,山上的匪军终于有所觉悟了。两个匪徒头目凑在一起,神色凝重地商量起来。

"老大,这么打下去可不行。我们进攻了半天,箭射出去了一千五百多支,可是一个冼家兵都没射伤。再这样下去,不出四天,我们的箭就要全部射完了。"一个土匪小头目说。

像你一样勇敢——遇见冼夫人

被称为"老大"的匪徒脸色阴沉,摆着手:"知道啦,冼军这么做,其实就是想要耗费我们的兵力和武器。我们就地休息,不要再上他们的当!"

"迟啦,一切都迟啦!"就在这时,两个匪徒背后传来一声大喝!

两个匪徒头目惊愕地回过头来,只见庄奋和冯仆带领四五十个装备整齐的士兵,站在他们身后。

"你……你们……"两个匪徒看看庄奋,又看看四周,腿开始打战,一下子瘫坐在地上。

"把两人绑起来!"

士兵们押着两个被五花大绑的匪徒头目,敲着铜锣,大声呐喊:"老大老二都投降了,大家出来吧!以往犯下的过错,冼夫人不再追究!"

他们从山上往山下走去,一路下来,丢下兵器跟着走的匪徒越来越多。

山脚下,冼夫人气定神闲地指挥着将士,安抚着投降的匪徒。

贝贝和小博远远看着这幅大全景画面,觉得难以置信:战争已经结束了。

第四章　巩固海南疆土

"如果不是亲眼所见,我不敢相信。"贝贝的眼睛瞪得大大的,"战争竟然可以这样打,神了,真神了。"

小博又及时给她补上一课:"这就是《孙子兵法》的核心内容之一:'不战而屈人之兵,善之善者也。'意思是说,不通过双方军队兵刃交锋,便能使敌军屈服,才是最高明的人。我们的冼夫人熟读兵书,深知兵法,还能灵活运用,所以才会创造一个又一个奇迹!"

"我的确见证了一个又一个奇迹。"贝贝有点自豪。

"冼夫人的一生充满了传奇,精彩异常。这个故事结束了,另一段传奇才刚刚开始呢。我再带你去看看吧。"小博说。

贝贝学着小博的样子,举起木偶,低声唱道:"大义囚孙忠贯日,击歼逆贼除仲宣。"一个转身,他们转到了另一个时空。

第五章　勇歼王仲宣

时间：公元590年。

背景：公元589年，隋文帝杨坚灭陈朝，南北朝结束。隋帝派遣韦洸前往岭南宣抚。韦洸派人将陈后主的亲笔书信和冼夫人呈献给陈后主的"扶南犀杖"，送到了冼夫人手中。冼夫人看着这些信物，知道陈朝已经灭亡，于是率领部众归附隋朝，并派遣长孙冯魂率领众人迎接韦洸入广州城，带领南粤各地归顺隋朝。公元590年，番禺人王仲宣和土著酋长陈佛智联合反隋，围攻广州。在守城战中，韦洸中箭战死，冯魂阵亡。年近七十的冼夫人披挂上阵，在帅堂村点将台起兵救广州。

长风呼啸，身后的香蕉林飒飒作响。

冯暄统领八千兵马，精神抖擞，整装待发。

冼夫人站在队伍的前面，帮冯暄系好头盔，嘴里还不断叮咛着。冯暄不断点着头。然后，冼夫人一拍马屁

第五章　勇歼王仲宣

股,那头棕色大马载着冯暄嗒嗒嗒地阔步奔跑起来。

贝贝和小博出现在冼夫人身边的时候,只看见远去的大部队和一股滚滚的烟尘。

"唉,我们迟了一步……惨了,冯暄……"小博一声轻叹。

"惨了?冯暄怎么了?"贝贝大声问。

"冯暄?冯暄怎么了?"冼夫人也转过头来,一下子就认出了小博和贝贝,高兴地说道,"你……你们……你们是来自未来的亲族。小博,你刚才说冯暄怎么了?"

小博仰望着这位年过古稀的老人,差点儿认不出她来。这时的冼夫人,满头银发,威仪的戎装掩盖不了岁月在她脸上雕刻的痕迹,她已经相继失去了丈夫、儿子和一个孙儿。现在,小博实在不忍心告诉她历史真相:她最疼爱的孙儿冯暄违逆了她的命令,放走了叛军陈佛智。

"小博,你就透那么一点点内情呗,冯暄会有什么事啊?"贝贝问。

"没事啦,冯暄会有什么事呢。他仁慈善良,性情

像你一样勇敢——遇见冼夫人

温顺,这样的好人怎么也会有好运气的。"小博用轻松的微笑掩饰了自己刚才的冲动。

"没事就好。这里风大,来,我们去屋里聊。"听小博这么说,冼夫人紧张的神情也变得轻松了。

进入高凉郡府坐下来,有人给他们捧上一盘点心,点心装在雪白的盘子里,像一堆烧焦了的小馒头。

小博迫不及待地拿起一个,吧嗒吧嗒吃得欢快。

"这个也能吃?"贝贝硬是伸不出手。

"能吃,这是艾籺,家乡正宗传统美食。把正月晒干的艾草打成粉,混着糯米粉做成皮,夹上用木瓜丝、花生、芝麻做成的馅,有健脾胃、去湿毒的功效,而且味道还不错呢。"冼夫人笑眯眯地说道。

贝贝这才拿起一块,一吃,软软的,香香的,甜甜的,比薯条、汉堡更美味。她大口大口吃着,咬得比小博还急。

"艾籺也是冯暄最喜欢吃的点心,所以昨晚我们做了三大簸箕,让他路上吃。"冼夫人笑眯眯地说着,突然失声叫起来,"哎哟,我竟然忘记给他带上了!这怎么就忘记了呢?真不得不服老啊。"

第五章 勇扞王仲宣

"没事的,冼夫人,我们可以帮您拿给冯暄。"小博鼓着一腮帮的艾籺,话也说得有点儿含糊不清了。

小博和贝贝提着一篮子艾籺赶到冼军大部队驻点时,看到冯暄正在营帐里发呆。

"艾籺!"看到艾籺,冯暄的眼睛都亮了,一把抓起艾籺就吃。可他吃着吃着,眼泪啪嗒啪嗒地落在艾籺皮上。

"冯暄,明天就要开战了,你马上就可以用战绩来报答你的祖母了。所以,今天就别想那么多了,吃饱睡足,然后相信自己一定能战胜那个……那个谁谁谁的!"贝贝走到冯暄面前,有板有眼地劝道。

"陈佛智。"小博补充。

"不!我不会与陈佛智打的!"冯暄大声喊道。

贝贝大吃一惊,大声问道:"为什么啊?"

"陈佛智是我的好朋友,我们一起玩耍,一起长大。小时候,我们最喜欢到荔枝园里玩。有一次,我们在荔枝树上捉迷藏,不知怎么回事碰倒了一个蜂窝。漫天的黑蜂飞出来,我们绕着荔枝树跑啊跑,黑蜂却穷追不舍。我被荔枝根绊倒在地上,黑蜂全朝我冲过来。

那时,陈佛智扑过来,脱下上衣将我们的头盖住。我躲过了黑蜂的袭击,他的脊背却被蜇起一个个大包。现在,阿婆却命令我杀了他,我……我怎么对他下得了手?"

贝贝急了,瞪着冯暄说道:"你违背冼夫人的命令,违反的可是军纪啊,你想过后果吗?"她又转向小博:"小博,违反军纪会怎样处罚?"

"违反军纪,轻则坐牢,重则杀头。"小博轻声说道。

"杀头就杀头,我不会怪阿婆。我宁愿辜负我自己,也不会辜负其他人!"冯暄斩钉截铁地说。

"小博,冼夫人一向军纪严明,爱憎分明,以她的脾性,冯暄的结局将会怎样?"贝贝望向小博。

小博摇摇头:"他的命运,我们恐怕改变不了,这就是人们常说的'性格决定命运'了,但愿他吉人自有天相。"

接连两天,无论小博和贝贝如何开导,都无法说服冯暄出兵。

第三天,有士兵来报:"冼夫人亲自披甲乘马,率

第五章 勇歼王仲宣

兵到来!"

三人还没走出营帐大门,只见冼夫人已经大踏步走了进来。她身着蓝色袍套,披着红色披风,背后插着四面三角形的百通小令旗,精神抖擞,威风凛凛,完全不像古稀老人。

看到跪在地上的冯暄,冼夫人脸色都变了,一阵青转白,眼神几乎能点着火。她大喝一声:"将冯暄拿下!"

两个士兵从帐门外走进来,将冯暄绑了起来。

"推出去,斩了!"

两个士兵你看我、我看你,没有人动。

"违反军纪,理应斩首!谁不执行,等同包庇,一律问斩!"

冯暄自己站了起来,往帐门外走去。

贝贝急了,连忙走到冯暄面前,伸开手臂拦着他,大声说道:"冯暄,你说啊,你说句话啊,你向你阿婆解释解释啊!"

小博也冲到冼夫人面前,说道:"夫人,请您息怒。冯暄罪不至死啊。现在正是用人时期,您可以让

像你一样勇敢——遇见冼夫人

冯暄将功赎罪啊。就算他有罪,我们也可以先关着他,等平定叛乱之后,交由皇帝治罪,岂不更彰显夫人的忠诚?"

冼夫人愣了愣,脸色明显缓和下来。

旁边的将士一起跪了下来,大声喊着:"请夫人格外开恩,让将军将功赎罪。"

"冯暄,你竟敢违背军令,到今天还不发兵打陈佛智,你……你……你眼中还有国法军规没有?!"冼夫人说着说着,怒火又冒了出来,全身发抖,"我万万想不到,你会变成这样,变成一个不忠不孝、不仁不义之人!"

听到冼夫人这么说,冯暄终于停住脚步,回过头来。他的眼神空洞,一脸迷惘:"阿婆,我们为什么一定要互相残杀啊?"他的视线掠过众人的头顶,眼中泛着闪闪的泪光。

冼夫人眼中的泪水汩汩滚落下来。她用手按着胸口,似乎要将心头的沉痛压平,过了好一会儿,才缓缓说道:"冯暄,现在,我来告诉你,我们为什么一定要攻打王仲宣和陈佛智。去年,隋帝派人将陈后主的劝降

第五章 勇歼王仲宣

书和当年你父亲献给陈武帝的扶南犀杖送到我手中，我的心比刀割还要痛，我的迷惘比你现在的迷惘还要深。那天，我哭了整整一天！我在想，我们一心捍卫的陈朝永远地灭亡了，我们南粤军民将何去何从？是与隋朝决一死战，还是归顺隋朝？没有人告诉我答案。可我知道，我们的军民再优秀，终究难以抵挡洪水一般的隋朝大军。如果坚持战争，就意味着死亡，意味着南粤大地得来不易的和平与繁荣将毁于一旦！我衡量了一整天，哭了一整天，只能选择归顺。今天，王仲宣和陈佛智煽动大家反叛隋朝，将会有更多的人卷入战争，南粤大地将会再次生灵涂炭！"

眼泪无声地掉落在铠甲上，冯暄终于低下了头，哑声说道："阿婆，我错了。"

"或许，这也是我的错，可谁能告诉我，正确的处理方法？"冼夫人跌坐在椅子上，仿佛一下子老了十岁。

所有人都眼中含泪，陷入了长久的静默沉思中。

过了好一会儿，冼夫人终于开口了。她转头，用赞许的目光望着小博，说道："或许，小博说得对，我应

像你一样勇敢——遇见冼夫人

该将你交由皇帝治罪。"她深呼一口气,大声宣布:"冯暄违反军纪,死罪可免,活罪难逃!拉出去,重打一百军棍,再押回州府看管。等平定反叛,和罪犯一并移交皇帝!"

看着冯暄被五花大绑,随着押送的军队消失在茫茫的小路上,所有将士都为之动容。

当天,冯暄的弟弟冯盎带领军队出击,半天工夫,就将陈佛智拿下了。

面对凯旋的军队,冼夫人脸上没有笑容。她长叹一声,宣布:"还有王仲宣,我们也应速战速决!冯盎,你现在马上与隋朝派来巡抚岭南的给事郎裴矩以及大将军鹿愿会合,进军南海,追击王仲宣!"

"我们胜利了,我们胜利了!"

第二天天不亮,贝贝和小博就被喧哗的声音吵醒。

冼夫人洪亮的声音在帐门里回荡着:"对陈佛智和王仲宣的部队,我们采取宽大优待政策,想离开的让他离开,想留下来的,原职务一律保持不变!"

雷鸣般的欢呼声如潮水一样从军帐里涌出,帐篷有节奏地鼓动、震荡着。

第五章 勇歼王仲宣

贝贝和小博向军帐走去,大老远就听见冼夫人豪迈的话语:"早饭过后,我们将和朝廷派来的禁卫军骑兵一起,到岭南各州巡视,大家做好出行的准备!"

迎着晨光,踏着朝阳,热闹又壮观的巡抚活动开始了。冼夫人坐在高大的白马上,身穿将军铠甲,脖子上系着红披风。随从和护卫军替她撑着锦伞。她的旁边跟着隋朝官员裴矩,她的后面是着装严整的浩荡军队。

贝贝和小博怎么会错过这样的活动?他们混在随行的队伍中,跟着冼夫人,穿过一个又一个州郡。

"苍梧陈坦拜见冼夫人,我们定将尽心竭力效忠隋朝,决不谋叛朝廷!"

"冈州冯岑翁拜见冼夫人,我等将竭诚效忠隋朝,鞠躬尽瘁,死而后已!"

"梁化邓马头拜见冼夫人,我们将无条件拥护朝廷,捍卫边疆,守护岭南!"

…………

"真厉害!岭南人就服我们的冼夫人!"贝贝大声说。

"嗯。冼夫人为隋朝的统一和岭南的安定做出了卓

像你一样勇敢——遇见冼夫人

越的贡献,连隋文帝都佩服,对她信任不已。他释放了冯暄,封冯暄为罗州刺史,封冯盎为高州刺史,封冼夫人为谯国夫人,授权她自行设置长史以下官吏,颁发印章,有权调遣南粤六州兵马,如遇紧急情况,可以先斩后奏。"

"我们的冼夫人成了隋朝治理岭南的全权代理人咯!"

"正确。她也当之无愧。"小博说。

"真厉害!后来呢?冼夫人的故事还有哪些?"贝贝追问。

"后来呀,隋文帝及皇后独孤氏赏赐冼夫人很多物品。冼夫人把物品放在一个金匣子里,连同梁朝、陈朝赏赐的物品,全都放进了库房里。逢年过节、冯冼大会时,她都会拿出那些珍贵的赠赏,告诫后世子孙:'汝等宜尽赤心向天子。我事三代主,唯用一好心。今赐物具存,此忠孝之报也。'"

虽然有些词语听得不是很明白,但是,贝贝还是听懂了"我事三代主,唯用一好心"这句话。她在大部队歇息的时候,走向冼夫人。她昂起头,真诚地问道:

第五章 勇歼王仲宣

"夫人,您坐在马上,都坐了好长时间了,您累了吗?您也下来活动活动筋骨吧!"

冼夫人朝贝贝笑笑,抬起头,坚定地说:"再累也要坚持!这样的日子对我只会越来越少,我一定要抓紧时间,在有生之年将岭南大地走一遍!"

贝贝和小博注视着冼夫人的背影越走越远,遥望着她那鲜红的披风在马背上飒飒飞扬,他们在一个青青的山坡上停下了脚步。

"其实十年之后,我们年近九十高龄的冼夫人,还进行了一次对南粤大地的巡视。那是她最后一次巡视,她在她生命的最后时光,用尽最后一丝气力,向她钟爱的南粤告别。大概一年后,冼夫人就永远地离开了人世,离开了她守护了将近一个世纪的土地与人民。"小博沉痛地说。

"她太累了,也该歇歇了。"贝贝低声说道,"南粤大地的人们不会忘记她。"

"是的,我们会永远尊敬她、怀念她。事实上,我们的冼夫人从未离开我们。"小博凝望远方,沉沉述说。

青青草地上,贝贝将头埋在膝盖里,一副安静的样

像你一样勇敢——遇见冼夫人

子。

"贝贝,你到底有没有听我说呀。"小博发现就他一个人叽里咕噜,真没意思,用手肘碰了碰旁边的贝贝。

过了好久,贝贝终于抬起头来,脸上湿漉漉的,全是泪水。

小博吓了一跳,连忙问:"你怎么啦,贝贝?你不舒服吗?哪里不舒服了?"

"她是那么伟大,又是那么平凡、那么真实。"贝贝像是对小博说,也像是对自己说。她那双被泪水冲刷过的眼睛,就像经过春雨冲刷过的新叶子,清新,晶亮,闪耀着新生的光彩。

"嗯,作为冼夫人的后人,我们应该觉得骄傲和自豪。"小博哑声说道。

"我在想,我们是多么幸运,才拥有这趟时空之旅,这是值得用一辈子来怀念的珍贵记忆!"贝贝眼中充满了留恋,转头问小博,"可是,现在,我想回去了。我们还能回去吗?"

"不怕,我们应该能回去的。既然我们唱着与古代有关的唱词就能回到古代,那么,我们只要唱起与现代有关的唱词，不就可以回去了吗？"

贝贝仿佛没听见小博的话，她仍然遥望着远方。

前方，天蓝蓝，草青青，风正暖暖吹过。

尾声

贝贝和小博互相扶着,打着转,当他们终于站稳在冯家祠堂大厅内的时候,看见冼奶奶正为他们的突然消失不知所措。

冼奶奶转过头,惊喜交集。

"贝贝,小博,你们这段时间去哪儿啦?急死我了。"她拉着两人轮流看啊看,没看到什么不同,也就放心了。然后,她很正式地对贝贝说:"快开学了,我们收拾一下,准备回去了。"

贝贝挣脱姑奶奶的双手,转过来,用双手扶着姑奶奶的肩膀,一本正经地说:"姑奶奶,我不回B国读书了,我要留在我们的家乡读书!"

"为什么呢?"冼奶奶大吃一惊。

"我说出来,你可不许笑话我啊。"贝贝的脸倏地红了,"以前,有些人老喜欢把岭南地区称为'南蛮之

尾声

地',我们的家乡更是经济和文化的'沙漠地带',成为没文化的代名词。"贝贝越说越不好意思:"而当我回到冼夫人所在的时代,我看到的并不是那么一回事,我们的家乡,原来有那么深厚的历史文化底蕴,有礼有节,有情有义……在家乡,该学的东西可多了!"

一旁的小博偷偷地向她竖起了大拇指。

冼奶奶一脸欣慰:"贝贝,你长大了,你的生活你做主。"

贝贝拉着小博走出祠堂,祠堂外,阳光灿烂,白云朵朵。

贝贝张开臂膀,对着蓝天做了一个深呼吸。

这时,鞭炮声响起了,一串烟火飞上高空,在空中绽放美丽的烟花。

小博悠悠地说道:"唉,家乡的年例就剩下尾巴了。"

"还不快走!"贝贝拍打着小博的肩膀,撒腿就往前跑。

两个少年蹦蹦跳跳的身影在灿烂的烟花下逐渐模糊……

(完)